우리 엄마의 이름은
엄마?

우리 엄마의 이름은 엄마?

초판 1쇄 발행 ｜ 2018년 11월 28일

저자 ｜ 김진빈
발행처 ｜ 다독임북스
발행인 ｜ 송경민
편집팀 ｜ 이해림, 이연지
디자인 ｜ 구지원
그림 ｜ 노보듀스(Novoduce)

등록 ｜ 제 25100-2017-000042
주소 ｜ 서울시 구로구 디지털로 33길 48
전화 ｜ 02-6964-7660
팩스 ｜ 0505-328-7637
이메일 ｜ gamtoon@naver.com

ISBN ｜ 979-11-964471-2-0

※ 이 도서는 한국출판문화산업진흥원의 출판콘텐츠 창작 자금 지원
사업의 일환으로 국민체육진흥기금을 지원받아 제작되었습니다.

우리 엄마의 이름은
엄마?

김진빈 지음

"누가 우리 엄마를 종종걸음치게 했을까."

다독임 북스

엄마라는 이름에
대하여

1963년 4월에 태어나 줄곧 자신의 이름으로만 불려왔던 그녀는 1989
년 4월 한 남자의 아내가 되면서 처음으로 다른 이름을 갖게 됐다. 같은 해
11월 한 아이의 엄마가 되면서 그녀는 결혼 전까지 불려왔던 이름을 서서
히 잃어갔다. 종종 아빠의 딸, 엄마의 딸로 불렸던 일은 있었으나 이토록
오래 다른 사람 입에서 자신의 이름 석 자를 듣지 못한 적은 없었다. 먼저
태어난 남자아이가 초등학교에 입학하기 전까지 그녀의 예전 이름을 기억
해주던 몇몇 이가 있었으나, 나중에 태어난 여자아이마저 초등학교에 입
학하면서 그녀는 완전히 자신의 이름을 잃었다.

대신 그녀는 더 많은 이름을 얻었다. 명절이면 애미, 어멈, 새아가, 새언니, 제수씨로 불렸으며 남편에게는 여보, 당신이 되었고 아이들에게는 엄마로 불렸다. 종종 마트에 가면 누구 엄마, 아줌마라고 부르는 이도 있었다. 이 모든 단어가 그녀 한 사람을 지칭하고 있었지만 특정 상황에서 다른 사람과 구별하기 위하여 부른다는 이름이 가진 기본 기능 외에 별다른 의미를 지니지 않았다. 그 수많은 이름은 그녀와 같은 처지인 또 다른 누군가가 들어도 전혀 이질감이 없었다. 인파가 몰리는 곳에서 누군가가 그녀의 수많은 이름 중 하나를 부르기라도 하면 그녀와 비슷한 차림새를 하고 주변에 서 있던 몇몇이 뒤를 돌아보곤 했다.

*

내가 태어나서 처음으로 배운 말은 그녀의 새로운 이름이었다. 그녀는 몇 달 동안 내 얼굴에 대고 자신의 이름을 또박또박 읊었다고 한다. 내가 똘망똘망한 눈으로 자신을 바라보거나 보행기를 혼자 힘으로 자신의 발밑 아래까지 끌고 갔을 때, 기저귀를 갈아주고 이유식을 먹이는 중에도 엄마는 엄마, 라는 이름을 한 음절씩 또박또박 내게 들려줬다고 했다. 마침내 내가 엄마, 하고 처음으로 불러주었을 때의 기쁨을 말로 다 표현할 수 없다고도 했다. 그때부터 비로소 엄마는 자신의 새로운 이름을 좋아하게 되었는지도 모른다.

*

어린 나는 엄마의 예전 이름에 대해 한 번도 깊게 생각해 본 적이 없었다. 가족 신문을 만들고 가족 사항란을 작성할 때마다 종종 엄마의 예전 이름을 써내야 했지만, 단 한 번도 입 밖으로 꺼내 불러본 기억이 없다. 내가 태어날 때부터 엄마는 엄마였고, 엄마라는 단어 외에 엄마를 표현할 수 있는 말은 없었다.

외할아버지 댁에 가면 종종 엄마의 예전 이름을 들을 수 있었다. 엄마가 유일하게 본래의 이름, 본래의 모습으로 돌아오는 공간이었다. 엄마는 그곳을 친정이라고 불렀다. 친정에 있는 엄마는 언제나 낯선 모습을 보였다. 우리 집에서는 종종걸음으로 집안 곳곳을 누비며 밥을 짓고 청소와 빨래를 하느라 온종일 정신없는 하루를 보냈지만, 외할아버지 집에서는 그런 엄마를 지켜만 보는 우리와 별반 다르지 않았다.

외할아버지와 외할머니는 항상 엄마를 담미야, 하고 다정하게 불렀다. 그러면 나는 엄마, 하고 더 크게 엄마를 불렀다. 엄마가 예전 이름으로 불리는 순간 더 이상 엄마가 아니게 될 것 같은 이상한 기분이 들어서였다. 외할머니는 엄마에게 한숨 돌려라, 라는 말을 자주 했다. 두 눈으로 보지 않아도 엄마의 하루가 숨이 차다는 사실을 알고 있었다. 그럴 때마다 내 눈에는 엄마가 어리광을 부리고 싶어하는 아이처럼 보였고, 행여 엄마가 내가 기댈 수 없는 어린아이가 되어버릴까 봐 마음을 졸였다.

세상에 수많은 엄마가 존재한다는 사실을 알게 되면서 처음으로 엄마라는 이름에 혼란이 왔다. 앞집 친구 엄마 이름도 엄마였고, 옆집 친구라고 상황이 다르지는 않았다. 나는 친구의 엄마를 부를 때면 너네 엄마, 누구 엄마처럼 꼭 엄마 앞에 다른 말을 덧붙였다. 같은 이름을 가진 민지들을

3반 민지, 5반 민지로 구분 짓고 나랑 가장 친한 1반 민지를 그냥 민지야, 하고 다정히 부르듯이. 그러면서 엄마에게 엄마, 하고 불러주는 일에 뿌듯함을 느꼈다. 어린 나는 엄마를 엄마로 부르기 위해 '엄마'라는 특별한 호칭으로 구별해서 불러야 한다고 생각했던 모양이다.

가장 큰 난관은 작은엄마였다. 엄마가 말하길 어렸을 때 나는 친할머니 댁에서 작은엄마를 만나면 호칭을 절대 부르지 않았다고 한다. 호칭을 부를 일이 생기면 요리조리 피했고 아예 호칭을 부르지 않는 일도 허다했다. 한 번은 명절에 친할머니 댁에서 만난 사촌에게 너네 엄마, 하고 불러서 친할머니에게 빗자루로 맞으며 혼이 난 적도 있었다. 작은엄마는 분명 엄마와 구분 지을 수 있는 단어가 붙었지만 엄마와 명확하게 구분되는 어감이 아니었다. 마치 나에게 또 다른 엄마 한 명이 더 있는 기분이 들었다.

*

엄마의 예전 이름에 대해 다시 상기하게 된 사건이 있다. 한 번은 길을 가다 오랜만에 엄마 친구와 홀로 마주한 적이 있다. 안녕하세요, 라고 말하며 꾸벅 인사를 했는데 상대방은 내가 누구인지 의아해 하는 눈초리였다. 당연히 나를 알아볼 거라고 생각했던지라 내 쪽에서 더 진땀을 뺐다.

"응 그래. 근데 누구였지? 너무 많이 커서 몰라보겠네."

"동사무소에서 일하는 김담미 씨 딸이요."

"아, 담미 딸이구나! 많이 컸네."

그때 나는 '담미 딸이요', '담미 씨 딸이요', '김담미 씨 딸이요', '동사무소에서 일하는 김담미 씨 딸이요'라는 답안지를 두고 한참을 고민했다. 나에게는 유일한 이름이었던 '엄마'가 누군가에게는 여러 존재를 떠올리게 한다는 사실보다도, 십 년을 넘게 엄마와 살아오면서 엄마의 예전 이름을 어떻게 불러야 하는지 모르고 있다는 사실에 더 당황스러웠다. 결국 나는 구구절절 엄마를 설명하는 마지막 답안지를 택했다. 상대방이 담미 딸이구나, 하고 말했을 때 깨달았다. '엄마'라는 이름보다 '김담미'라는 이름이 누군가에게는 엄마를 더 명확하게 표현하는 단어일 수 있겠구나.

그 사건 이후로도 김담미라는 이름이 익숙해지기까지 꽤 오랜 시간이 걸렸다. 한 번은 집으로 돌아오는 길에 저 멀리서 익숙한 뒷모습이 보였다. 엄마였다. 반가운 마음에 엄마, 하고 아무리 크게 외쳐도 엄마는 뒤를 돌아보지 않았다. 길을 걷던 몇몇 엄마들이 흠칫 놀라 뒤를 돌아봤다가 자신의 딸이 아니라는 사실을 확인하고 다시 고개를 돌려 갈 길을 재촉했다. 조급해진 나는 빠른 걸음으로 따라가며 몇 번 더 엄마, 하고 외쳤지만 정작 엄마는 요지부동이었다.

"김담미!!!"

에라이 모르겠다, 하는 심정으로 엄마의 예전 이름을 불렀을 때 엄마는 놀란 토끼 눈을 하고 뒤를 돌아봤다. 길 한복판에 서서 나는 씩씩거리며 왜 불러도 돌아보지 않았느냐고 화를 냈고 엄마는 이 상황이 웃기다는 듯 배를 부여잡고 웃었다. 내 입에서 엄마의 예전 이름이 자연스럽게 터져 나온 적은 그때가 처음이었다.

그 후로도 나는 줄곧 엄마를 엄마라고만 불렀다. 엄마 친구를 만났을 때나 다수의 엄마 사이에서 우리 엄마를 구분 지어 불러야 하는 일이 생겼을 때 종종 김담미라는 낯선 이름을 썼지만, 그런 상황에서도 여전히 엄마라는 말이 먼저 튀어나왔다. 내게 엄마의 이름은 '엄마', 단 하나였기 때문이다.

제 1장

열, 우리 엄마의
이름은 엄마?

그때의 내가 엄마의 모양이
천 가지도 넘는다는 사실을 알았다면 어땠을까.

나의 세상,
엄마

초등학교에 들어가기 전까지 우리 가족은 다섯이었다. 아빠, 엄마, 오빠, 나 그리고 사촌 동생. 은행에 다니던 이모는 아들을 낳은 후에도 일을 포기할 수 없었다고 한다. 시댁을 설득하고 친정에 양해를 구한 끝에 결국 워킹맘으로 사는 길을 택했다. 이모는 출근길에 우리 집에 들러 나보다 두 살 어린 사촌 동생을 엄마 손에 맡겼고, 해가 수평선 아래로 다 넘어가버린 깜깜한 밤이 되어서야 사촌 동생을 다시 만나러 왔다.

우리 셋 중에 가장 나이가 많았던 오빠는 종종 엄마에게 이모는 왜 사촌 동생을 사랑하지 않느냐고 물었다고 한다. 그러면 나는 이유 없이 울음을 터트렸고 나의 울음은 빠르게 사촌 동생에게로 전이됐다. 그도 그럴 것이 그때 어린 우리가 엄마의 사랑을 확인할 수 있는 방법은 함께 시간을 보내는 일이 전부였다. 우리 모두 이모가 어디에서 어떤 시간을 보내고 어떤 마음으로 사촌 동생을 우리 집에 맡기는지 따위를 헤아릴 수 있는 나이는 아니었다.

전업주부였던 엄마는 집 안팎에서 우리 가족을 위한 일을 척척 해냈다. 덕분에 우리 집은 끼니때마다 밥 짓는 냄새가 진동했으며, 우리는 매일 아침저녁으로 은은한 섬유유연제 향이 풍기는 뽀송뽀송한 새 옷으로 갈아입을 수 있었다. 아빠의 출근 준비로 새벽같이 하루를 시작한 엄마는 이모가 다녀가고 나면 오빠와 나, 사촌 동생을 차례로 앉혀놓고 아침 식탁을 꾸렸다. 우리 셋은 먹이를 구하러 떠난 어미새를 기다리는 아기새처럼 둥지에 옹기종기 모여 앉아 입을 벌리고 엄마를 기다렸다. 엄마는 아기새 세 마리에게 모두 공평하게 한 숟가락씩 밥을 떠먹여 주는 일로 육아를 시작했다.

전쟁 같은 하루하루였다. 엄마는 우리에게 먹이고 남은 밥으로 식탁 앞에 서서 대충 끼니를 때우기 일쑤였다. 아빠가 있는 날에는 4인용 식탁에 앉을 자리조차 허용되지 않았다. 엄마의 자리는 늘 주방 어딘가, 거실 소파 아래 어딘가였고 잠시 앉아 숨을 돌리는 일조차 사치처럼 여길 정도로 온종일 집안을 종종걸음으로 누비곤 했다.

그 종종걸음을 멈춰 세우는 사람은 늘 우리 셋이었다. 우리 집에는 안방 문에 박힌 쇠철봉에 단단한 줄로 그네가 달려 있었다. 아기새 셋이서 그네를 번갈아 타야 했는데 엄마가 잠시 집안일을 하느라 누구 하나가 그네를 오래 차지하면 어김없이 나머지 둘이 악을 썼다. 그러면 엄마는 자리를 바꿔주고 다시 집안일을 하러 돌아가야 했다. 우리가 낮잠을 자는 시간에도 엄마의 가사노동은 계속됐다. 아이들이 깨기 전에 온 집안을 쓸고 닦는 일부터 빨래를 돌려 건조대에 널고 밀린 설거지까지 모든 집안일을 마쳐야 했기에 그 시간 내내 엄마 마음에는 조급함이 가득했다.

이모가 올 시간이 다가오면 가장 바빠지는 사람 또한 엄마였다. 종일 형, 누나와 노느라 꾀죄죄해진 사촌 동생을 씻기고 온몸 구석구석 로션을 발라줬다. 사촌 동생과 같은 눈높이가 될 정도로 자세를 낮춰 겉옷까지 입히고 나면 이모가 도착했다. 엄마는 품 안에 쏙 들어오는 사촌 동생을 따듯하게 안아주는 행동으로 작별인사를 대신했다. 그러면 이모는 입꼬리만 웃는 어색한 미소로 과일이나 과자가 든 봉지를 내밀고 사촌 동생을 데려갔다.

※

엄마는 봄의 기운을 가지고 태어나 엄마가 된 후 더욱 봄 같은 사람이 되었다. 그녀는 우리 가족에겐 한없이 따뜻한 봄 햇살 같은 여자였으나 역경 속에서도 싹을 틔우는 봄의 강인함을 지닌 엄마였다. IMF 외환위기를 기점으로 나라도, 우리 집도 많은 부분이 변했다. 아빠는 나라가 뒤숭숭한 가운데 가슴을 졸이며 위태로운 나날을 보내다 회사 내 구조조정의 첫 번째 피해자가 되었다. 십 년 넘게 몸 바쳐 일해온 회사가 해고 결정을 내리자 아빠의 마음은 갈 길을 잃고 어둠 속을 부유했다. 몇 년을 안방에 틀어박혀 홀로 고독과 싸우며 시간을 보냈다. 가까스로 무기력의 늪에서 헤어나온 뒤에도 아빠는 몇 년을 비정규직 노동자의 삶을 살아야 했다.

엄마는 스스로 봄이 되기로 했다. 이제 막 봉우리를 틔우려고 준비하는 우리 가족을 이를 악물고 지켜냈다. 그만큼 엄마는 강한 존재였다. 오빠와 내가 혼자 힘으로 밥을 떠먹고 화장실도 혼자 다녀올 수 있는 나이가 되자 부업을 시작했다. 누군가에게는 부업이 그저 무료한 시간을 보내기 위한 소일거리 정도의 일이었지만, 엄마는 달랐다. 모든 일을 억척스럽게 해냈다. 처음엔 머리핀에 액세서리 부속을 붙이는 쉬운 일로 시작했다. 속도가 붙고 욕심이 생기면서 양은 걷잡을 수 없이 불어났고 급기야 안방 절반 이상을 부업 재료들이 차지하기도 했다. 반도체 한 부분을 완성하는 부업을 끝으로 아빠는 실업자가 되었고 엄마는 본격적인 워킹맘이 되어야 했다.

이모가 사촌 동생을 맡길 때처럼 엄마는 우리를 외할아버지댁에 맡겼다. 나이가 들어 온몸이 성치 않은 외할아버지와 외할머니가 한창 호기심이 왕성한 아이 셋을 감당하는 일은 만만치 않았고, 나는 일찌감치 오빠가 다니는 유치원에 등원하기 시작했다. 처음 몇 개월은 등원하는 내내 울었다고 한다. 유치원 선생님이 이상하다고 거짓말을 일삼더니 어느 날부터는 자신을 버리지 말라고 애걸복걸하는 통에 일하러 가는 엄마는 늘 곤혹스러워 해야 했다.

나는 왜 엄마와 떨어져야 하는지 이해할 수 없었다. '이해'라는 표현이 무색할 정도로 어린 나이였기 때문에 엄마와 떨어진다는 사실 자체가 슬프고 억울할 뿐이었다. 이모가 우리 집에 사촌 동생을 방기해둔 것처럼 엄마가 왜 나를 유치원에 맡겨야 하는지 그 이유를 사리 분별 할 수 있는 나이는 아니었다. 그때부터 나는 어딘가 불안한 일이 생기면 손톱을 물어뜯는 버릇이 생겼고, 꽤 오랫동안 그 버릇을 고치지 못했다. 엄마 역시 그 버릇을 고치는 방법이 같이 시간을 보내고 사랑을 주어 내가 불안하지 않게 해주는 것이라는 사실을 몰랐다.

돌이켜보면 당시 나는, 겨울이 가고 왜 봄이 오는지 구태여 따져 묻지 않듯, 그동안 엄마가 가졌던 역할을 당연하다고 여겼던 것 같다. 겨울이 가면 봄이 오고 계절이 한 바퀴 돌아 어김없이 싹을 틔우듯 엄마는 항상 우리 곁에 있어야 하는 존재라고 생각했다. 엄마는 당연히 매일 따듯한 밥을 지어 우리 입속에 넣어주고, 당연히 우리와 집에서 종일 시간을 보내야 하는 존재였다. 그 어린 나이에 엄마의 고초나 슬픔, 분노 그리고 눈물 따위를 알아챌 리 만무했다.

하루는 내가 유치원에서 그린 그림을 보던 엄마가 눈물을 훔친 적이 있다. 나는 커다란 세상을 그리고 그 안에 우리 가족을 그리는 그림을 자주 그렸다고 한다. 여태껏 나의 커다란 세상을 지키는 사람은 엄마였고 언제나 그림의 절반 이상을 엄마가 차지했다. 나를 버리지 말라고 떼를 쓰며 울다가 유치원 선생님에게 붙잡혀 엄마와 헤어진 날, 나는 커다란 세상을 오빠와 나로 가득 채우고 아빠와 엄마를 손톱만큼 작은 크기로 그렸다. 그리고 끝끝내 엄마의 얼굴을 그리지 않다가 마지막에 검은색 크레파스를 들어 엄마 얼굴을 검게 칠했다.

"왜 오늘은 엄마 얼굴이 없어?"

"오늘은 엄마 얼굴이 생각나지 않았어."

엄마는 밤새 눈물을 흘렸다. 그날 내가 엄마의 얼굴을 떠올리지 못했다는 사실이 슬펐다기보다 앞으로 아이가 그릴 세상에 자신이 점점 더 작아질까 하는 막연한 두려움이 밀려왔다고 했다. 그때까지 엄마는 자신이 아이의 세상에서 아주 작은 존재가 될 수도 있다는 사실을 단 한 번도 생각해본 적이 없었다.

어렸을 때는 나 혼자만 엄마를 곧 세상이라 여겼다고 생각해왔는데, 다자라고 보니 엄마도 나를 자신의 전부라 믿어왔다는 사실이 눈에 보였다. 엄마는 그림 사건 이후로 종일 일에 치여 지쳐버린 몸을 하고 집으로 돌아온 날에도 온 힘을 다해 나와 시간을 보냈다. 엄마는 그렇게 강하고 꿋꿋하게 아이의 세상을, 그리고 자신의 세상을 지켜나갔다.

그 종종걸음을 멈춰 세우는 사람은
늘 우리 셋이었다.

불안
I

시곗바늘이 여섯 시를 향해 숨 가쁘게 달렸다. 길어진 회의로 퇴근 시간을 훌쩍 넘긴 선배는 불안한 기색이 역력했다. 회의 내내 볼펜으로 똑깍똑깍 소리를 내더니 어느 순간부터는 힐끗힐끗 시계를 보기 시작했다. 선배는 세 살배기 여자아이의 엄마이자 회사원이다. 회사에 양해를 구해 다른 동료보다 한 시간 일찍 퇴근길에 오른다. 그날은 회사에 입사하고 처음으로 선배와 함께 퇴근길에 오른 날이었다. 버스가 승객을 태우기 위해 정거장마다 정차했고 우리는 버스에서 내려서도 횡단보도의 신호를 한참 기다려야 했다. 선배는 전철역 플랫폼에 서서 전철이 오길 기다리는 두 정거장만큼의 시간 동안 내내 앞으로 가야 할 길을 향해 서 있었다.

선배의 말을 빌리자면 이렇다. 꼴찌 엄마를 둔 아이는 하루에도 몇 번이나 기대하고 실망하기를 반복한다. 선생님이 누군가의 엄마와 유치원

문 앞에서 인사를 나누면 유치원 아이들은 일제히 문 앞으로 달려간다. 그 중 한 명은 웃으며 집으로 돌아가지만 나머지 아이들은 친구를 배웅해준 뒤 실망감을 안은 채 교실로 돌아간다. 꼴찌 엄마를 둔 아이는 몇 번이고 그 과정을 반복한다. 그리고 그 아이는 어떤 안도감이나 확신도 얻지 못한 채 얼마간 불안한 시간을 보낸다.

✳

우리 엄마는 조금 더 치열한 워킹맘으로 살았다. 새벽같이 일어나 신문을 배달하고 오전부터 해가 질 때까지 학습지를 돌렸다. 새벽 일을 마치고 나를 유치원에 데려다주면 또다시 시작되곤 했던 일은 어김없이 밤이 되어서야 끝이 났다. 일을 마치지 못하고 나를 데리러 오는 날도 많았다. 당시 어린아이를 가진 엄마가 할 수 있는 일이라고는 자투리 시간을 쪼개서 하는 단순 노동뿐이었다. 그마저도 아이를 유치원이나 친척들에게 맡길 수 있어야 가능했다.

유치원 종일반에 다니던 나는 꼴찌 엄마를 둔 꼴찌 아이였다. 오후반 아이들이 집에 돌아가면 유치원은 순식간에 속셈 학원이 됐다. 초등학교에 다니는 언니, 오빠들이 수학을 배우러 왔다가 다시 집으로 돌아갈 때까지 종일반 친구들과 나는 유치원에 남아 소꿉놀이를 하고 동화책을 읽었다. 마지막 친구까지 집에 가고 나면 나는 유치원 구석에 엎드려 혼자 그림을 그렸다.

선생님은 종일 걸치고 있던 앞치마를 화려한 외투로 갈아입고 커다란 핸드백을 들고 나타났다. 그러고는 나를 말 못 하는 인형처럼 대했다. 아무 말 없이 긴 머리를 땋았다가 풀기를 반복했다. 머리를 풀고 나면 두피가 땅땅해질 때까지 빗질을 했고 종이접기 시간에 쓰던 딱풀과 이쑤시개를 가져와 눈이 감기지 않을 정도로 커다란 쌍꺼풀을 만들어 놓기도 했다. 종종 핸드백에서 좋은 향이 나는 크레파스를 꺼내 입술을 색칠하기도 했다.

한 시간 남짓 침묵의 불안 속에서 헤매고 나면 누군가 급하게 계단을 올라오는 소리가 들렸다. 놀란 선생님이 물티슈로 내 눈과 입술을 문대고 나면 허리를 반쯤 숙인 엄마가 나타났다. 오늘도 어김없이 선생님의 퇴근 시간을 넘긴 엄마는 작은 음료수 몇 개와 나를 교환했다. 엄마는 눈가에 풀이 덕지덕지 묻어 부르튼 입술을 하고 있는 나를 보고도 선생님을 향해 고개가 땅에 닿을 정도로 인사를 했다.

나는 딱풀이 내려앉아 반쯤 감긴 눈을 하고 엄마 뒤로 숨어들었다. 선생님은 사람 좋은 얼굴을 하고 자세를 낮춰 내 머리를 쓰다듬었다. 향이 좋은 크레파스로 덮인 선생님의 새빨간 입술이 침묵을 깨고 입을 열었다. 내일 또 만나자. 나는 엄마 뒤로 더 깊숙이 파고들었다. 내일도 모레도 나를 이곳에 맡겨야 하는 엄마는 웃는 것도 우는 것도 아닌 어정쩡한 얼굴을 하고선 내 손을 잡고 황급히 유치원을 빠져나왔다.

유치원에서 우리 집까지 가려면 가파른 언덕 하나를 넘어야 했다. 엄마는 늘 한발 앞서 빠른 걸음으로 걸었다. 자신의 숨이 차오르는 줄도 모르고 오로지 앞만 보고 걸었다. 내가 뒤처지고 있다는 사실을 깨달으면 걸음을 늦췄다가 다시 걸음을 재촉하길 반복했다. 엄마는 급한 마음만큼 머릿속도 복잡했다. 집에 가는 길부터 저녁거리를 걱정하고 밀린 집안일을 할 생각만으로 피곤이 몰려오는 듯했다. 저녁을 먹고 바쁘게 집안일을 마치고 나면 자기 전에 나를 씻기고 알림장을 확인해 준비물까지 챙겨야 했다. 엄마는 자정이 되어서야 겨우 몸을 뉘었다. 세 시간 남짓 쪽잠을 잔 엄마는 다시 새벽같이 일어나 가족들이 깨지 않게 조용히 신문 배달에 나섰다. 숨이 찬 날의 연속이었다.

언덕을 반쯤 오르고 숨이 턱 끝까지 차오른 내가 걸음을 멈추면 엄마는 내 손을 잡아끌었다. 그마저도 안 되겠다 싶은 날엔 나를 안고 그 높은 언덕을 넘었다. 언덕이 마치 로프 없이는 올라갈 수 없는 가파른 암벽 같다는 생각이 들었다. 그럴 때마다 나는 아무것도 모르겠다는 표정으로 언덕 아래 서 있고, 어쩔 줄 모르는 표정을 한 엄마가 언덕 위에 서서 발을 동동 구르는 상상을 했다. 아래 있는 내게 언덕은 오르막이지만 반대편에 서 있는 엄마에겐 언덕이 내리막이었다. 수많은 풍파를 겪어온 엄마는 언덕 앞에 서서 망설이는 내게 늘 버거운 손을 내밀었다. 무게에 못 이겨 끌려 내려오면서도 내가 자신을 밟고 정상에 올라서길 바랐다.

*

엄마는 어떤 성취를 이루기 위해 삶을 살지 않았다. 다만 주어진 대로 넘어지지 않고 하루하루를 버티며 살았다. 그래서 엄마는 선배처럼 늘 어딘가 불안하고 위태로워 보였다. 우리 가족을 위해 오늘도 잘 버텨내야 한다는 불안이 쌍심지를 켜고 곁을 지키고 있는 사람처럼 행동했다. 나중에서야 엄마는 그때 조금만 나태해지려고 하면 불안이 팻말을 들고 시위를 나섰다고 고백했다.

그 불안은 언제나 내게 고스란히 전이됐다. 언덕으로 오르는 내 걸음을 망설이게 만든 건 엄마의 불안한 표정이었다. 초등학교에 입학하고 어른이라는 이름표를 달 때까지 나는 유치원에 남아 엄마를 기다릴 때처럼 어떤 안도감이나 확신도 없이 불안해야 했다. 엄마의 배터리가 방전되지 않을까, 언젠가 삶에 지친 엄마가 나를 미워하는 날이 오지는 않을까. 막연한 감정들이 종종 모습을 드러낼 때마다 깊이를 알 수 없는 연못에 빠진 사람처럼 허우적거려야 했다. 그때마다 엄마가 나를 구해줬지만 나를 다시 연못으로 기어가게 하는 사람 역시 엄마였다.

사실 엄마와 나는 여전히 어떤 불안 속에 산다. 다만 우리는 이제 알고 있다. 지금 갖고 있는 불안의 요소는 영원하지 않다. 그리고 얼마든지 우리는 이 불안을 헤쳐나갈 수 있다. 이 사실을 깨닫기까지 엄마와 나는 먼 길을 돌아왔다. 위태로운 표정을 한 엄마가 위험해지지 않을까, 슬픈 기색이 역력했던 아이의 마음에 병이 들지는 않을까. 서로를 불안해하며 살았다.

대부분 엄마와 아이가 이런 시간을 보낸다고 믿는다. 삶은 불안의 연속이다. 특히 무언가 잘 해내려고 하는 삶은 불안이 깃들 수밖에 없다. 우리가 지금의 불안을 함께 떨쳐내고 다시 새로운 불안이 찾아왔을 때 불안해하지 않는 방법은 이 불안 역시 언젠가 사라질 존재라는 사실을 서로에게, 그리고 스스로에게 말해주는 일뿐이다. 금방 다 괜찮아질 거라고.

—

사실 엄마와 나는 여전히 어떤 불안 속에 산다.

다만 우리는 이제 알고 있다.

지금 갖고 있는 불안의 요소는 영원하지 않다.

그리고 얼마든지 우리는 이 불안을 헤쳐나갈 수 있다.

불안

II

꽤 오랫동안 불안을 숨처럼 달고 살았다. 학교를 마치고 돌아온 집은 고요했고 곳곳에 불안이 숨 쉬고 있었다. 집에만 오면 갈증이 났다. 이 적막이 나를 곧 집어삼킬지도 모른다는 불안함에 가슴이 답답했다. 물병에 입을 대고 물을 벌컥벌컥 들이켜도 답답함은 좀처럼 해소되지 않았다. 그러면 나는 거실 한 켠에 웅크리고 앉아 외로움과 TV를 친구 삼아 하루를 보냈다.

집 밖이라고 상황은 다르지 않았다. 친구들 중에는 학원에 다니는 아이가 많았다. 학원에 다니지 않는 친구들은 놀이터에서 한창 놀다가도 간식을 먹으라는 엄마의 부름에 집으로 달려갔다. 몇 번 친구 집에 같이 가기도 했지만 어쩐지 불편한 마음을 안고 집으로 돌아와야 했다. 그 후로 나는 친구들이 집으로 돌아가면 같이 시소를 타거나 그네를 밀어줄 이 하나 없이 터덜터덜 집으로 돌아와야 했다.

그때 해로 시간을 읽고 공기로 계절을 느끼는 법을 익혔다. 겨울보다 해가 긴 여름이 오래도록 집에 들어가지 않을 수 있어 좋았고, 더운 여름이나 추운 겨울보다는 봄이나 가을이 걷기 좋았다. 걷는 길이라고 해봤자 놀이터에서 집까지 가는 길이 전부였지만 그 짧은 거리도 지는 해를 보며 내일을 기약하는 일의 소중함을 배우기에는 충분했다. 집에 가까워질수록 공허함은 커졌다. 우리 집은 한여름에 낙엽이 나뒹굴어도 이상하지 않을 만큼 적막하고 쓸쓸한 다세대 주택 단지였다. 어렸을 땐 아이들이 있는 집이 꽤 많이 살았는데 초등학교에 들어가고부터 하나둘 아파트로 이사를 가고 그 자리에 할머니, 할아버지들이 이사를 오셨다. 아이가 있는 집은 우리 집을 포함한 몇몇 집뿐이었다.

공허한 마음을 차마 밖에 두지 못하고 집으로 데려오는 일이 잦았다. 집으로 돌아오면 엄마를 기다리며 습관처럼 수화기를 들었다. 일정한 간격을 두고 울리는 통화 연결음만이 커다란 집의 적막을 깨뜨릴 유일한 방법이었다. 통화 연결음 사이로 공백이 이어질 때마다 나도 모르게 숨을 참았다. 혹여 뚝, 하고 끊어지지 않을까 노심초사하며 엄마가 전화를 받을 때까지 수화기를 내려놓지 않았다. 막상 엄마가 전화를 받으면 할 말이 없어 어디야? 언제 와? 따위의 질문만 쏟아낼 게 뻔했다.

한 번은 친구들과 헤어지고 놀이터에 앉아 학원에 간 오빠를 기다렸다. 그해 겨울 중에서도 가장 바람이 시린 날이었고 홀로 집에 돌아가는 길이 유난히 멀게 느껴졌다. 한겨울에 맨발을 한 채 의자에 앉아 있는 나를 본 경비 아저씨가 놀란 눈을 하고 이것저것 묻기 시작했다. 경비 아저씨는 선생님을 불러왔고 오빠는 수업을 마치지 못하고 나와 함께 집에 돌아와야 했다.

그날 밤 집에 온 엄마는 나를 냉장고 앞에 세워두고 구둣주걱으로 엉덩이를 때렸다. 집으로 바로 오지 않았다는 이유였다. 아무도 내게 집에서 시간을 보내는 방법을 알려주지 않았다. 집에서는 해를 보고 시간을 가늠하거나 계절을 느낄 만큼 신선한 공기를 만지는 일이 불가능했다. 무엇을 해야 시간이 가는지 어떤 기분을 느껴야 하는지 어린 나로서는 알 길이 없었다. 엉덩이를 사수하기 위해 바닥에 주저앉으면 엄마는 팔이며 다리를 닥치는 대로 때리고 더 큰 으름장을 놓았다. 내 입에서 잘못했다는 말이 열 번 정도 나오고 나서야 모든 상황이 끝이 났다.

그날 이후 엄마는 나를 오빠가 다니는 학원에 보냈다. 매일 친구들과 놀던 놀이터가 있는 아파트 일 층. 집에서 동네 아이들을 모아 놓고 과외식으로 수업을 진행하는 학원이었다. 학원 문은 매일 열려있었고 현관 앞에는 아이들 신발이 어지럽게 엉켜있기 일쑤였다. 선생님은 누구에게나 똑같이 다정하고 상냥했다. 간식이 있으면 모두에게 공평하게 나눠주었고 공부를 잘하거나 그렇지 않다고 해서 차별하지 않았다. 그런데도 나는 질투를 느꼈다. 질투의 감정이 커질 때마다 그와 비례해 외로움이 걷잡을 수 없이 커졌다.

하루는 선생님이 쓰던 샤프를 필통에 넣어 집으로 왔다. 처음에는 선생님의 주의를 끌 생각이었다. 그런 방법으로는 관심을 받을 수 없다는 사실을 깨닫는데 긴 시간이 걸리지 않았다. 집으로 돌아와 책상에 샤프를 꺼내놨다. 이 샤프라면 선생님이 푸는 문제를 똑같이 풀고 선생님이 쓰는 글씨체를 똑같이 따라 할 수 있다고 믿었다. 샤프로 숙제를 하고 빈 연습장에 글씨를 썼다. 평소와 다를 바 없는 솜씨였다.

그날 밤이 깊도록 잠을 이루지 못했다. 내일 어떻게 샤프를 돌려주어야 하는지 도무지 방법이 생각나지 않았다. 다음 날 선생님은 샤프의 행방에 관해 물었다. 누군가 모르고 샤프를 필통에 넣은 것 같다며 자신의 필통을 한 번씩 확인해달라고 부탁했다. 나는 이 기회를 틈타 모르고 가져갔다고 이실직고했다. 집에 가서 샤프가 필통에 있다는 사실을 알고 선생님이 밤새 샤프를 찾진 않을까 잠을 이루지 못했다고 덧붙였다. 선생님은 고맙다고 하며 간식을 하나 더 주셨다. 시합에서 승리를 거머쥔 승자처럼 거짓말에 묘한 쾌감을 느꼈다.

*

어린 나는 사람들의 사랑을 받는 방법을 알지 못했다. 좋은 관심이든 나쁜 관심이든 이목을 끌 수 있다면 그들이 내게 보이는 감정이 모두 사랑이겠거니 생각했다. 매달 15일이면 엄마는 학원비 봉투를 오빠에게 맡겼다. 학원비를 현금으로 주면 달이 적혀 있는 봉투에 날짜를 쓰고 도장을 찍어 주는 방식이었다. 처음으로 내게 학원비 봉투가 주어진 날, 나는 친구들을 모아 슈퍼마켓에 갔다. 친구들에게 모두 아이스크림과 과자를 하나씩 사주었다. 이상하게 생각한 슈퍼마켓 아저씨가 돈의 출처를 물어왔다. 오늘이 생일이라서 엄마가 친구들과 맛있는 거 사 먹으라고 주셨어요. 아저씨는 그대로 믿는 눈치였다. 한 아이가 선생님에게 슈퍼마켓에서 있었던 일을 무용담처럼 말했다. 선생님은 뿌듯한 얼굴을 한 나를 보더니 학원비 봉투의 행방에 관해 물었다. 이번에는 엄마가 주지 않았다는 거짓말을 했다. 아주 작은 것에서 시작한 거짓말이 순식간에 걷잡을 수 없이 커져 가고 있었다.

엄마는 나를 냉장고 앞에 세워 놓고 엄마가 학원비라고 준 돈으로 왜 아이들에게 간식을 사주었는지 물었다. 이번에는 친구들이 사달라고 했어, 라는 거짓말이 튀어 나왔다. 엄마는 다시 물었다. 친구들이 학원비라는 사실을 알고도 강제로 사달라고 한 거야? 나는 울음을 터트렸다. 9살짜리가 감당하기엔 거짓말의 크기가 이미 너무 커져 있었다. 맞아, 아니야? 엄마는 한 번 더 으름장을 놓았다. 나는 고개를 저었다. 그럼 왜 사준 거야? 나는 입을 떼지 않았고 엄마도 한참을 침묵으로 일관했다.

그렇게 첫 번째 고백의 기회를 놓쳤다. 한참 뒤에 엄마가 옷을 입는 시늉을 했다. 내가 벙어리처럼 입을 다물고 쳐다보자 엄마는 친구들에게 직접 물어보러 간다고 했다. 잘못한 사람을 찾아서 버릇을 고쳐 놓아야 한다고 단호하게 말했다. 나는 놀란 토끼 눈을 하고 엄마 앞을 가로막았다. 그러면 지금 사실을 말해. 나는 고개를 가로저었다. 엄마는 그대로 밖으로 나갔고 두 번째 기회마저 놓친 나는 방안에 웅크리고 앉아 불안에 떨며 시간을 보내야 했다.

한참 뒤에 돌아온 엄마의 눈이 빨갛게 변해있었다. 마지막 기회가 찾아오고 있음을 짐작했다. 엄마는 밀린 집안일을 마치고 샤워를 하고 나와 다시 나를 앞에 불러다 놓았다. 나는 겁에 질린 아이가 되어 애꿎은 손톱만 물어뜯었다.

"친구들이랑 친하게 지내고 싶었던 거지?"

엄마가 마지막 고백의 기회를 줬다. 지금이 아니면 진실을 말할 기회는 다시 오지 않을지도 몰랐다.

"다른 친구들은 엄마가 돈을 줘서 맛있는 걸 많이 사줬어. 나도 사줘야 하잖아. 그래야 공평하지."

나는 또 거짓말을 했다. 내게도 사랑을, 관심을 달라는 신호였다. 그렇게라도 엄마의 하루에 나라는 존재를 밀어 넣어야 했다. 그래야 나는 불안하지 않고 외롭지 않았다. 엄마는 아무 말도 하지 않았다. 그날 밤 엄마는 고장 난 장난감처럼 아픈 소리를 냈다. 우리 가족은 엄마의 흐느끼는 소리를 자장가 삼아 잠을 자야 했다. 엄마는 내가 쓴 오만 원을 다시 벌어야 한다는 사실보다 내가 돈을 써버린 이유에 더 슬퍼했다.

엄마와 함께할 수 없다는 불안이 공허를 키워 외로움을 낳았다. 그리고 그 후로도 종종 외로움이 실재하는 무엇으로 세상에 드러날 때마다 엄마를 슬프게 해야 했다. 조금 더 자라고 불안을 다스리는 법을 알고 난 후에야 비로소 깨달았다. 외로움은 견뎌내야 하는 감정이 아니었다. 외로움도 불안처럼 내 안에 있는 수많은 감정 중 하나일 뿐이다. 흘려보내면 그대로 흘러가는 감정. 그리고 그런 감정이 들 때마다 글을 남기고, 조금 더 면밀히 내 안을 들여다보는 연습을 했다. 바쁘고 힘든 엄마를 대신해 내 불안과 외로움을 스스로 달랠 수 있는 유일한 방법이었다.

그때 해로 시간을 읽고
공기로 계절을 느끼는 법을 익혔다.

엄마의
모양

현관문을 열면 언제나 엄마가 서 있다. 어깨선이 움푹 팬 홈드레스 위에 잘잘한 레이스가 달린 꽃무늬 앞치마가 둘려 있고, 길게 늘어트린 검고 싱싱한 머리칼이 바람에 살랑거린다. 그녀가 걸을 때마다 발목까지 내려오는 치맛단이 나풀나풀 춤을 춘다. 열어둔 창문으로 간지러운 바람이 불어오면 긴 머리칼이 정신없이 흩날리며 진한 샴푸 향을 뿜어댄다. 엄마는 TV 드라마에서 볼 법한 고상한 패션도 제법 멋지게 소화해낸다.

현관 밖에서 맛있는 냄새가 코를 찌르는 날이면 엄마 손에는 어김없이 국자가 들려있다. 엄마는 학교에서 돌아온 내가 가방을 놓을 새도 없이 뜨거운 국을 덜어낸 숟가락을 호호 불어 내 입에 털어 넣는다. 먹는 일을 마친 내 입이 다음 말을 이어갈 때까지 잔뜩 기대에 찬 눈을 하고는 꼼짝도

하지 않고 서 있다. 내가 엄지를 척 들어 보이면 그제야 내 머리를 쓰다듬으며 손을 씻고 오라 다정히 말한다.

어쩌다 친구들을 데려오는 날이면 손수 면을 삶고 소스를 만들어 예쁜 접시에 스파게티를 내온다. 접시와 같은 무늬를 가진 컵에 주스를 따르면서 친구들에게 맛있게 먹으라는 다정한 인사를 하는 일도 잊지 않는다. 친구들과 방에서 놀고 있으면 설거지를 마친 엄마가 엑설런트 아이스크림과 과자, 주스 따위를 들고 방문을 두드린다. 친구들이 우와, 하고 말하는 짧은 순간에 내 어깨는 한껏 올라가고 입꼬리에선 웃음이 가시질 않는다.

일 년에 딱 한 번 있는 생일에는 패밀리 레스토랑으로 친한 친구 몇몇을 초대해 생일 파티를 연다. 친구들은 더운 날씨에 땀을 뻘뻘 흘리면서도 예쁜 포장지에 쌓인 선물을 들고 우리를 찾아온다. 분위기 있는 백열등 아래 모여 축하를 주고받고, 고깔을 쓴 레스토랑 직원들이 생일 축하 노래를 불러주면 나는 세상을 다 가진 아이처럼 행복하게 웃어 보인다.

어쩌다 한 번씩 친구 집을 찾는 아이이자 누군가의 생일에 초대받는 일이 익숙한 아이가 나였다. 어린 나는 친구들의 엄마를 보면서 늘 상상 속에서 엄마의 모습을 그려보고 가족의 형태를 어림으로 짐작하곤 했다. 상상 속에 잘 빚어 놓은 엄마의 모습은 현실로 돌아오는 순간 산산이 부서져버렸다. 흩어져 버린 조각은 이따금 친구의 집을 찾을 때마다 다른 친구의 엄마로 어렴풋이 모습을 드러내곤 했다. 그 조각을 만날 때마다 나는 어쩐지 외로움을 느꼈다.

*

엄마가 현관을 열면 언제나 내가 서 있다. 홈드레스와 앞치마 대신 검은 정장 바지에 블라우스를 차려입은 엄마가 현관에 무거운 가방을 아무렇게나 내려놓는다. 구두를 벗기 위해 머리를 숙여도 머리카락 한 가닥 늘어지지 않는 스포츠머리는 늘 땀에 젖어있다. 그래서 엄마는 매일같이 향수를 뒤집어쓰고 다닌다. 3년도 넘게 입어 너덜너덜해진 바짓단이 걸음을 옮길 때마다 서로 나부끼다 제풀에 지쳐버린다. 밖에서부터 엄마를 따라온 피곤은 이 집 안에서 자신이 있을 자리가 어딘지 몰라 엄마 어깨에서 대롱거리다 그대로 눌러 앉는다.

거실 식탁에 풀썩 주저앉은 엄마가 손에 잡히는 전단지를 읽어 전화를 건다. 얼마 뒤 피자 배달부가 다녀가면 집안은 순식간에 패밀리 레스토랑처럼 맛있는 냄새가 진동한다. 눈을 감고 패밀리 레스토랑 안에서 하하호호 웃고 떠드는 우리 가족을 상상한다. 고깔을 쓴 엄마와 나는 누군가 불러주는 생일 축하 노래에 한껏 들떠있다. 상상 속에 사는 나와 달리 엄마는 늘 현실 속에서 허우적거려야 했다. 피자를 먹다 말고 일어난 엄마는 내가 아무렇게나 널어놓은 빨래를 다시 탁탁 털어 너는 일로 집안일을 시작한다. 그 후로도 기름때가 지워지지 않은 그릇을 골라내 닦고, 구석구석 청소기를 돌리는 일을 이어간다. 어느 곳 하나 엄마의 손이 닿지 않는 공간이 없다.

우리가 학교에 들어가고 엄마의 직업이 바뀌었는데도 엄마의 형편은 좀처럼 나아지지 않았다. 친구들에게 맛있는 음식을 만들어주는 대신 출근길에 오르며 내 손에 용돈 몇 푼을 쥐여주는 엄마가 있고, 일 년에 한 번 뿐인 내 생일날에도 일하다 온 피곤한 몸으로 뒤늦은 생일 노래를 불러주는 엄마가 있을 뿐이었다. 나를 키우느라 엄마는 지쳐갔고 엄마를 기다리는 나는 늘 외로웠다. 시간이 지나 외로움에 익숙해지고 나서부터는 엄마가 오지 않는다고 슬퍼하지 않았다. 하루 동안의 긴 기다림이 끝나고 나면 어김없이 엄마는 우리 곁으로 돌아왔고 기다림에 대한 보상은 언제나 충분했다. 다만 나는 사랑과 관심에 늘 목이 마른 아이로 자랐다.

*

내가 초등학교 고학년이 될 때까지 엄마는 도시락을 싸야 했다. 아침부터 늦은 밤까지 일하던 엄마는 점심시간에 잠시 짬을 내 도시락을 배달했다. 그녀는 정오의 우렁각시가 되어 12시가 되기 전 학교 앞 분식집에서 김밥 2줄을 샀고 모두가 수업에 집중하고 있는 시간에 조용히 학교에 들어와 교실 밖 사물함에 김밥을 넣어놓고 사라졌다. 그날은 12시가 넘도록 아무런 발소리가 들리지 않았다. 불안은 언제나 불길한 일을 생각하게 하고 그 생각이 현실로 이어진다. 점심시간을 알리는 종소리가 울리자 친구들은 모두 예쁜 도시락통을 꺼냈다. 도시락 통과 같은 캐릭터가 그려진 수저와 물통이 차례대로 제 자리를 찾아갔다.

나는 교실 밖 사물함 앞에 서서 한참을 기다렸다. 시계가 12시 30분을 가리키도록 엄마는 오지 않았다. 창피한 마음에 복도를 빠져나와 느린 걸음으로 운동장 끝까지 걸어 나갔다. 밥을 빨리 먹는 남자아이들이 운동장으로 하나둘 쏟아져 나오기 시작했다. 운동장을 걸어올 때보다 더 느린 걸음으로 발자국을 지우며 복도로 다시 돌아와야 했다. 나는 엄마를 잃은 새끼 고양이처럼 화장실에 숨어들어 복도에 발소리가 울리길 간절히 기도했다. 지금이라도 엄마가 오면 아무렇지 않게 도시락을 들고 교실로 들어가면 그뿐이었다.

그 후로 몇 분이 더 지나도록 엄마는 오지 않았고 결국 나는 빈손으로 교실에 돌아와야 했다. 교실 뒷문이 드르륵 소리를 내자 친구들이 일제히 나를 쳐다봤다. 다시 걸음을 돌려 화장실로 가야 하나 고민하는 사이 이미 내 몸은 돌처럼 그 자리에 굳어버렸다. 꼼짝달싹 못 하는 몸에서 유일하게 제 역할을 수행하는 곳은 눈물샘뿐이었다. 친구들의 도시락을 조금씩 덜어 새 도시락을 만든 선생님은 내 등을 가만가만 쓸어내리고 자리에 앉혔다. 나는 누군가의 젓가락을 대신 들어 누군가의 엄마가 만들어준 밥알을 한 톨 한 톨 세기 시작했다. 다른 엄마들의 정성을 삼키는 일이 어쩐지 버겁게 느껴졌다.

얼마나 지났을까. 다급한 발소리가 들렸다. 엄마였다. 발소리가 끊기기 무섭게 교실 뒷문이 드르륵 소리를 냈다. 엄마는 교실을 가로질러 선생님께 꾸벅 인사를 하고서는 나를 향해 검은 봉다리를 흔들어 보였다. 숨이 턱 끝까지 차오르면서도 우리 둘만 알 수 있게 입 모양으로 미안이라는 말을 그렸다. 눈시울이 다시 뜨겁게 달아올랐다. 어린 나는 원망인지 안도인지, 그도 아니면 어떤 창피함 때문인지 이유를 알 수 없는 눈물을 곧이곧대로 흘려야 했다.

"우리가 이미 도시락을 만들어줬어요!"

유난히 칭찬을 좋아하던 아이가 엄마를 향해 소리쳤다. 다행히 엄마는 내 눈물을 보지 못했다. 엄마는 민망한 표정으로 아이에게 고맙다는 인사를 전했다. 친구들이 너도나도 손을 들며 자신의 도시락도 나눠주었다고 말하자 엄마는 한 명 한 명에게 모두 인사를 건네고 다시 뒷문으로 사라졌다. 이렇다 할 변명 하나 받아들지 못한 나는 종일 낯선 도시 한복판에서 길을 잃은 여행객처럼 교실을 방황하다 집으로 돌아와야 했다.

*

저녁이 되자 검은 봉지에서는 김밥 쉰내가 폴폴 났다. 나는 플라스틱 케이스를 열어 김밥 두 알을 집어삼켰다. 세 번째 김밥이 맥 없이 제 모양을 잃고 내용물을 토해냈다. 내가 알던 김밥의 모양은 온데간데없었다. 잠시 동안 잘 빚어놓은 엄마가 제 모양을 잃고 아무렇게나 흩어져버리는 상상을 했다. 옆구리가 터져버린 엄마라니. 세 번째 김밥을 건너뛰고 네 번째 김밥을 집어 들었다.

"이건 왜 안 먹어!"

엄마는 말이 끝나기 무섭게 김과 밥을 입에 넣고 단무지와 햄, 시금치, 우엉 같은 재료들을 차례로 집어삼켰다. 모양은 아무래도 상관없다고 생각하는 눈치였다.

"그건 김밥이 아니잖아."

"모양이 뭐가 중요하니."

"아니, 전혀 달라! 다르면 틀린 거고. 엄마는 틀렸어!"

악에 받친 목소리로 생각나는 말들을 아무렇게나 쏟아내고 방문을 쾅 닫아버렸다. 입안에 남아있던 밥알이 역하게 느껴졌다. 내가 밤새 몇 번이나 화장실에 들락거리는 사이 엄마는 내내 주방을 지키고 있었다.

다음 날 엄마는 처음 보는 도시락통을 놓고 아침 일찍 출근해버렸다. 그 후로도 엄마는 꽤 오랫동안 새벽잠을 아껴 도시락을 싸야 했다. 나는 상상 속 엄마와 모양이 비슷해졌다며 그 후로도 꽤 오랫동안 뿌듯한 마음을 안고 학교에 갔다.

나이가 들어서도 이따금 그날의 장면들이 스쳐 지나가곤 한다. 장면들을 하나하나 곱씹으며 다시 어린 내가 되어 가슴을 졸이고 식은땀을 흘리다가 어느 순간 현재의 내가 되어 엄마를 안쓰러워한다. 그리고 어김없이 기억의 끄트머리에 서서 어린 나의 외로움과 젊은 엄마의 고단함에 대해 생각한다. 그때의 내가 엄마의 모양이 천 가지도 넘는다는 사실을 알았다면 어땠을까. 엄마의 모양은 저마다 다 달라도 사랑은 모두 똑같이 크다는 사실을 진리처럼 마음에 품고 살았다면 얼마나 좋았을까.

엄마의 모양은 저마다 다 달라도
사랑은 모두 똑같이 크다는 사실을 진리처럼
마음에 품고 살았다면 얼마나 좋았을까.

만 원에 벌벌 떠는
엄마

우리가 중학교에 들어간 뒤 엄마도 결혼하기 전처럼 안정적인 직장을 되찾았다. 그때도 엄마는 사소한 일 하나까지 여전히 각을 잡고 살았다. 시간이 갈수록 단단한 나무가 되기로 다짐한 사람처럼 흐트러짐 없이 더 올곧은 사람이 되었다. 매일 아침 잘 다려진 정장을 입고 출근했고 정장에 구김이 갈 정도로 종일 업무에 시달리면서도 집에 돌아와서는 항상 웃음을 잃지 않으려 이를 악물었다. 그 웃음 덕분에 우리 중 누구도 우리 집안 사정을 알지 못했다. 엄마는 매일 같은 옷을 입는다고 생각될 정도로 비슷한 부류의 검은 정장만 입었다. 바짓단이 헤지면 수선집에서 단을 접어 올려 몇 달을 더 입었고, 구두 굽이 닳을 때마다 찾는 통에 구두 수선집 아저씨와 안면을 트고 살았다.

집안일은 늦은 밤까지 계속되었고 집안일을 모두 마친 엄마는 하루의 끝에서 매일 가계부를 작성했다. 가계부에는 우리 집의 사계가 고스란히 기록돼 있었다. 돌이켜보면 엄마의 사계절은 매해 쳇바퀴 돌 듯 같은 시간들로 채워졌다. 봄이면 어김없이 꽃망울을 틔워 우리에게 웃음을 안겨주었고, 여름이면 풍성한 이파리들로 틈을 채워 그늘을 만들어주는 일을 잊지 않았다. 가을이 되면 몸에 좋은 재료를 듬뿍 넣어 삼계탕을 끓여냈고, 나는 매년 겨울의 끝자락에서 새 옷과 새 운동화, 새 학용품을 가질 수 있었다. 그래서 엄마는 내내 가난했고 나는 단 한 순간도 가난해 본 적이 없었다. 그때는 엄마가 우리를 위해 하는 모든 일이 해마다 그 시기가 되면 반드시 치러야 하는 연례행사처럼 당연하다고 여겼다.

가계부를 덮으면 엄마의 일과도 끝이 났다. 엄마는 모두가 잠들 때까지 거실에 똑바로 앉아 TV를 봤다. 화장실에 가고 싶어 새벽녘에 잠이 깬 날에는 어김없이 거실에서 울리는 삐— 소리를 들어야 했다. 거실에서는 하루 일과를 마친 TV가 자신이 잠들 수 있도록 오늘을 그만 끝내 달라고 소리치고 있었다. 컬러바를 띄우고 있는 TV의 전원을 끄면 바닥에서 쪽잠을 자고 있던 엄마가 부스스 잠에서 깼다.

"엄마 왜 또 여기서 자. 들어가서 자."

"넌 왜 안 자. 학교 가야지."

엄마는 내 짜증을 그대로 받아들고서는 거실에 아예 이불을 깔고 누웠다. 다시 TV를 켜고 아직 오늘을 끝내지 않은 채널을 찾아 헤맸다. 얼마 지나지 않아 엄마는 졸음이 밀려오는지 다시 꾸벅꾸벅 졸기 시작했다. 엄마는 우리 가족 중 가장 늦게 잠이 들어 가장 이른 아침을 맞는다는 법칙을 세우고 단 한번도 그 법칙을 어기지 않았다. 그렇게 몇 해를 더 보내고 나서야 나는 우리가 완전히 잠이 들어야 엄마의 하루가 끝이 나고 또 다른 하루를 시작할 수 있다는 사실을 알게 됐다.

＊

그날은 엄마의 하루가 평소보다 일찍 시작되었고 엄마는 씻고 나와서도 꽤 오랜 시간 동안 거울 앞을 떠나지 않았다.

"오늘 어디 가?"

"학부모회 모임 있는 날이잖아."

"일도 바쁘면서 뭐 하러 와. 안 와도 되는 모임이야. 내 친구 엄마도 다 안 와. 그냥 오지마 알았지?"

엄마의 대답이 돌아오기 전에 서둘러 집을 나섰다. 나를 위해 가야 한다는 말을 할 게 뻔했다. 평소 화장을 하지 않는 엄마가 평소보다 일찍 일어나 오래도록 거울 앞에 앉아 있던 이유도, 어젯밤 ATM기에 들러 수수료를 물어가며 현금을 찾아온 이유도 이미 알고 있었다. 당시 사립 학교라는 곳이 그랬다. 담임 선생님 한 명이 아이들 40-50명을 담당했고, 각 반마다 부담임 선생님이 한두 사람씩 있었지만 수학여행이나 소풍을 갈 때만 그 존재감이 드러났다. 담임 선생님이 누군가를 예뻐하는 만큼 누군가는 소홀하다 느낄 수밖에 없는 시스템이있다.

우리는 새 학기가 시작되면 집에서 쓰던 수건을 반으로 잘라 교실에서 쓸 걸레로 기증했고, 집에서 두루마리 휴지를 챙겨와 상단에 학번과 이름을 써서 제출해야 했다. 걸레와 두루마리 휴지를 제출할 때까지 매일같이 혼나고 반성하길 반복했다. 학기마다 회장과 부반장, 반장과 부회장을 뽑았으며 임원을 맡은 아이들은 돌아가며 반 아이들에게 간식을 돌려야 했다. 어린 우리는 어떤 간식을 얼마큼 사줬는지에 따라 그 아이의 능력을 판단했다. 소풍이라도 가는 날에는 담임 선생님과 부담임 선생님 앞으로 도시락 몇 통이 도착했다. 도시락을 준비한 아이는 엄마가 선생님 도시락도 싸주셨어요, 라며 부끄러운 목소리로 말을 이어갔지만 선생님의 칭찬 앞에 정작 부끄러운 얼굴을 해야 했던 사람은 자신의 도시락만 싸 온 아이들이었다.

학교는 가정통신문을 통해 주기적으로 학부모들을 불러 모았다. 선생님들은 아이들의 학교생활에 대해 알린다는 거창한 명목하에 열악한 환경에 대해 언급하기 일쑤였다. 교실 시설이 많이 낙후돼 아이들이 냉난방도 잘 안 되는 환경에서 공부를 한다는 핑계가 따라붙었다. 언제나 좋은 동네에 있는 좋은 학교가 비교 대상이었다. 나라에서 모든 지원을 해줄 수 없는 현실이라는 말을 끝으로 선생님들이 잠시 자리를 비우면 모임에 참석한 학부모들은 아이의 교육 환경에 대한 걱정을 토로하기 시작했다. 모임 끝에는 언제나 두둑한 회비 봉투가 남았다.

학교에 도착해서 엄마에게 절대 오지 말라는 문자 메시지를 남겼다. 엄마는 오후가 되도록 답이 없었다. 그날 모든 수업을 마치고 교실 청소를 할 때까지 틈틈이 휴대전화를 확인하고 창문을 내다봤다. 청소 당번이라는 사실에 이토록 감사한 적이 없었다. 청소를 마칠 때쯤 학교 건물 뒤쪽으로 비싼 외제차들이 차례로 도착하기 시작했다. 외제차마다 멀끔한 옷을 차려 입고 비싼 명품 가방을 손에 든 엄마들이 무리 지어 쏟아져 내렸다. 그 뒤로 저 멀리서 종종걸음으로 학교를 향해 걸어오는 엄마가 보였다.

"아 오지 말라니까 진짜!"

엄마는 짜증 섞인 내 문자 메시지를 확인하고도 답을 하지 않았다. 손에 들고 있던 빗자루를 교실에 아무렇게나 던져 놓고 계단을 뛰어 내려갔다. 놀란 친구들이 내 이름을 부르며 교실 밖까지 따라 나왔지만 그들의 목소리가 들릴 리 만무했다. 계단을 여러 개씩 뛰어 내려가면서 이토록 더운 날 교복 같은 검은 정장을 챙겨 입고 종종걸음으로 걸어오는 엄마의 모습을 떠올렸다. 일 층에 다 내려오자 간신히 숨이 트였다. 오 층부터 일 층까지 내려오는 동안 숨을 참고 있었다는 사실을 그때 깨달았다. 엄마는 이제 막 후문을 지나고 있었다. 나는 가쁜 숨을 몰아쉬며 엄마 앞에 섰다. 놀란 눈을 한 엄마가 손수건으로 내 이마에 맺힌 땀을 닦아냈다.

"왜 아직 집에 안 갔어?"

"청소 당번이야. 안 더워?"

"괜찮아."

엄마 이마에 난 잔머리 사이로 땀이 송골송골 맺혀 있었다. 금방이라도 주룩, 흘러내릴 기세였다. 나는 손수건을 뺏어 들고 젖지 않은 면으로 돌려 접었다. 손수건 끝단 올이 풀어져 실밥들이 대롱거렸다. 나는 모른 척하고 손수건을 들어 엄마 이마를 닦기 시작했다.

"회사도 바쁜데 오지 말라고 했잖아."

"어떻게 그러니. 다른 엄마들은 다 올 텐데."

"다 안 와! 다 안 온다고! 와서 좋을 게 하나도 없는데 왜 오는 거야. 도대체. 더워 죽겠는데 옷은 또 이게 뭐야. 편한 옷 좀 입고 오지."

"편해. 집에 얼른 가."

엄마는 손수건을 뺏어 들고는 내 손에 만 원짜리 한 장을 쥐여주려고 했다. 나는 주먹을 꽉 쥐고 엄마를 노려봤다. 엄마는 시선을 피하더니 교복 주머니에 만 원을 찔러 넣고 사라졌다. 교실에서 가방을 챙겨 나와 학교 앞에서 엄마를 기다렸다. 한 시간 정도 지나자 사람들이 무리 지어 나왔다. 한껏 치장한 사람들 사이에서 처음 교복을 꺼내입은 학생처럼 단정한 차림의 엄마가 눈에 들어왔다. 몇몇 사람과 인사를 나눈 엄마는 나를 보고 한걸음에 달려왔다.

집에 돌아오는 길에 속옷 가게에 들러 엄마가 준 만 원으로 손수건을 샀다. 속옷 가게에서 나오면서 엄마 손에 들린 오래된 손수건을 쓰레기통에 버렸다. 엄마는 손수건을 주워들며 무슨 짓이냐고 따져 물었다. 손수건을 다시 뺏어 쓰레기통에 집어 던지고 엄마 가방을 뒤졌다. 오늘 아침까지 있던 돈 봉투가 없었다.

"오늘 얘가 진짜 왜 이래! 집에 널리고 널린 손수건은 왜 또 사고."

"돈 어딨어!"

"뭔 소리를 하는 거야. 얘가 진짜."

"고작 만 원도 안 하는 손수건을 왜 사냐고 하는 사람이 돈 봉투는 어쨌냐고."

엄마는 화가 잔뜩 나서 등을 보이고 앞을 향해 걸었다. 그 뒤를 따라가며 돈의 행방을 물었다. 엄마는 너는 알 거 없어, 라는 말만 되풀이했다. 계속해서 팔을 잡아끌자 엄마는 올곧은 나무처럼 딱딱하게 서서 입을 꾹 닫았다. 그대로 바닥에 주저앉아 장난감을 사달라고 떼쓰는 아이처럼 엉엉 울었다. 엄마는 새 손수건을 꺼내 눈물을 닦아주고는 내 교복 주머니에 새 손수건을 넣었다. 그러고는 회사에 간다는 말을 남기고 사라졌다. 나는 새 손수건을 붙들고 앉아 세상을 잃은 사람처럼 울었다. 내 세상이자 내가 가진 전부인 엄마의 초라함이 견딜 수 없이 아팠다.

—

엄마는 내내 가난했고 나는 단 한 순간도 가난해 본 적이 없었다…
내 세상이자 내가 가진 전부인 엄마의 초라함이 견딜 수 없이 아팠다.

누가 엄마를
종종걸음치게 했을까

초등학생 때부터 내 장래 희망란은 줄곧 소설가가 차지했다. 중학생이 되도록 나는 꿈을 포기하지 않았다. 나는 교내 백일장이 열리면 가장 늦게까지 엉덩이를 붙이고 앉아있는 아이였고 선생님이 백일장 안내문을 안내판에 붙여 놓으면 친구 중 누군가 안내문을 떼서 내 책상에 놓아두기 일쑤였다. 입시에 대한 압박이 심한 고등학생이 되면서 단단했던 꿈이 현실에 부딪혀 방송작가라는 새로운 국면을 맞았다. 그러면서도 나는 고등학교 3학년 내내 교외 백일장을 쫓아다니며 글을 썼다.

엄마는 단 한 번도 글을 쓰는 일에 타박을 놓지 않았다. 오히려 전폭적인 지지를 아끼지 않았다. 당시만 해도 글을 쓰는 사람이 되고 싶다는 말에 전폭적인 지지를 해주는 집은 드물었다. 예술가는 배고프다는 편견이 강했고 그중에서도 소설가는 가장 배고픈 사람 취급을 당했다. 엄마는 달랐다. 어느 지역에서 고교 백일장이 열린다는 소식을 들으면 문자 메시지로 일정을 알려왔다. 학교에 백일장 참가로 인한 결석계를 내는 일보다 자신이 함께 따라나서기 위해 회사에 휴가계를 내는 일을 먼저 생각했다. 백일장 당일에는 아침 일찍 나를 태우고 백일장이 열리는 곳이 어디든 전국 곳곳으로 떠났다. 백일장에 참가하는 동안 엄마는 교내 어딘가에, 혹은 낯선 동네 카페에 앉아 낯선 시간을 보내며 내가 오기만을 기다렸다. 끝이 났다는 내 문자 메시지 한 통이면 엄마는 김밥과 샌드위치 같은 음식을 양손 가득 들고 한달음에 마중을 나왔다.

그날도 엄마는 어느 대학 앞 카페에 앉아 나를 기다렸다. 일부러 엄마가 있는 카페 앞까지 와서 끝이 났다는 문자 메시지를 보냈다. 커피를 마시며 휴대전화만 들여다보고 있던 엄마는 내 문자 메시지를 받고 바로 자리를 박차고 일어났다. 우리는 이 차선 도로를 사이에 두고 건널목 앞에 마주 섰다. 건널목은 신호등도 없이 횡단보도만 있는 곳이었다. 신호를 받을 일이 없는 차들은 보행자를 아랑곳하지 않고 무서운 속도로 제 갈 길을 가기 바빴다.

글이 잘 풀리지 않아 낯빛이 어두운 나를 보고 엄마는 마음이 조급했던 모양이다. 보도블럭 아래로 몇 번 발을 디뎠다 떼길 반복하더니 이내 내쪽으로 건너오려고 했다. 그때 저 멀리서 빠르게 달려오던 차가 빵- 하고 경적을 울리더니 우리 사이를 가로질러 달려온 속도보다 더 빠르게 자취를 감췄다. 놀란 엄마가 샌드위치가 든 봉다리를 도로에 떨어트리고 손을 가슴께에 올려 가만가만 쓸어내렸다. 일그러진 내 표정을 봤는지 엄마는 차들이 모두 지나가고 난 후에야 종종걸음으로 건널목을 건넜다.

"뭐가 그렇게 급해. 어디 도망가는 것도 아니고."

"너 배고플까 봐 그랬지. 이번 주제는 뭐였어? 잘 쓴 거 같아? 사람은 많았어?"

"하나씩 천천히 물어봐. 숨 넘어가!"

엄마는 늘 말과 행동이 달랐다. 네가 하고 싶은 일이면 다 괜찮아, 라고 말하면서도 내가 항상 미끄러운 빙판을 걷는다고 생각하는 듯 조급한 마음을 숨기지 못했다. 나는 알고 있었다. 소설가가 되겠다는 딸의 말을 받아들였던 날부터 엄마는 한 번도 두 발 뻗고 잠을 이루지 못했다. 남들이 가는 평범한 길을 걸었으면 하는 엄마의 마음을 모를 리 없었다. 그런 엄마가 조급한 눈으로 나를 바라볼 때마다 나는 매번 괜찮아, 라는 말과 함께 웃어 보이는 일로 엄마를 안심시켰다.

엄마의 조급한 문답이 끝나고 우리는 대학교 교정에 앉아 샌드위치를 먹기로 했다. 찌그러진 샌드위치 케이스를 보고 엄마도 나와 같은 여고생이 되어 서로를 바라보고 깔깔 웃었다. 얼마나 지났을까. 결과를 걱정하는 나와 그런 나를 안쓰럽게 바라보는 엄마 사이에 오래도록 침묵이 흘렀다. 그 침묵을 먼저 깬 쪽은 나였다.

"엄마는 왜 글을 쓰겠다는 나를 반대하지 않았어?"

분명 뜬금없는 질문이었는데 엄마 얼굴에는 다시 미소가 번졌다.

"네가 초등학교 5학년 때인가 교내 글쓰기 대회에서 받은 상장을 내밀면서 말했잖아. 엄마 나 글 쓰는 사람이 되고 싶어요. 그때 엄마는 콧방귀도 안 꼈어. 너는 초등학교 2학년이 되도록 한글을 못 뗐거든. 한글도 모르는 애가 무슨 글을 쓴다고. 그때는 그렇게만 생각했어. 근데 너는 그 이후로 계속 혼자 끙끙거리며 글을 쓰고 이따금 상장을 받아왔어. 중학생이 되더니 덜컥 소설가가 되겠다고 했지. 책은 지지리도 안 읽으면서 말이야. 배짱도 좋지. 상장 몇 번 받았다고 우쭐해서는!"

"내가 배고프게 살면 어쩌려고 반대를 안 했대."

"적당한 가난은 견딜 만한 가치가 있다고 생각했지. 어차피 아등바등 살 거 하고 싶은 일 하며 살면 얼마나 행복하겠니. 물론 너는 공부도 못 했고."

공부를 못한다는 말에 반박하는 나를 엄마는 물끄러미 바라봤다. 엄마는 휴지를 내밀더니 자신의 입가를 가리키며 허공에 닦는 시늉을 했다. 내가 입가에 묻은 샌드위치 속을 닦아내는 사이 엄마가 말을 이어갔다.

"엄마는 글을 쓰는 너도 좋고, 글을 쓰지 않는 너도 좋아. 다만 네가 어려서부터 매번 누군가에게 평가받는 힘든 과정을 반복하면서 스스로 상처를 주지는 않을까, 그게 가장 큰 걱정이야. 엄마한테 너는 늘 물가에 내놓은 애 같으니까."

"별걱정을 다 하네."

"엄마들은 다 그래. 딸이 초등학교에 들어가면서부터 중고등학교 공부를 어떻게 시키고 대학교는 어디로 보내야 좋을지 고민해. 사실 네가 고등학교에 입학할 때는 말이야. 대학교에 가서 남자친구를 만나서 연애를 하고 결혼해서 애를 낳을 때까지 내가 돈을 벌 수 있을까. 그런 고민을 했어."

그러면서 엄마는 새 휴지를 꺼내 아직 샌드위치 흔적이 묻어있는 내 입가를 닦아냈다.

*

엄마는 종종 나를 잘 키워내는 일이 자신의 남은 인생의 전부라고 이야기했다. 그럴 때마다 나는 그런 게 어디 있냐며 엄마는 엄마 인생을 살라고 타박을 놓았다. 그러면 엄마는 내가 곧 엄마고 엄마가 곧 나라는 말도 안 되는 억지를 부리며 너는 꼭 잘 자라야 하고 행복한 사람이 되어야 한다고 말했다.

한 번은 엄마가 오래전 자신의 꿈에 관해 이야기 한 적이 있다. 엄마는 학창시절 내내 간호사를 꿈꿨다. 공부도 열심히 했고 성적도 꽤 좋았지만 고등학교를 졸업할 무렵 할아버지가 교통사고를 당하면서 곧바로 취업 시장에 뛰어들어야 했다. 엄마는 고등학교만 졸업해 줄곧 가장으로 살면서 자신의 꿈을 마음 한구석에 간직하는 일로 자신을 위로했다. 제약회사 경리 일이 맞지 않을 때면 일을 마치고 집으로 돌아오는 길 자신의 처지를 비관해 조용히 눈물을 흘리기도 했다. 이렇다 할 꿈도 기술도 없이 형편에 맞춰 직장을 다녔기 때문에 아이를 낳고 재취업을 할 때 가장 힘이 들었다.

"돈을 벌 수 있는 곳이라면 어떤 일이든 가리지 않고 하다 보니 인생을 돌이켜봤을 때 크게 남는 것이 없더라......."

엄마는 말끝을 흐렸다. 그래서 자신의 딸은 꼭 하고 싶은 일을 하고 살았으면 좋겠다고 줄곧 생각해 왔다고 고백했다.

엄마의 꿈 이야기를 듣기 전까지 나는 엄마가 단순히 내 미래에 대해 조바심을 낸다고 생각했다. 남들처럼 살지 못할까 남들에게 떵떵거리며 사는, 남들이 말하는 훌륭한 사람이 되지 못할까 전전긍긍한다고 생각했다. 엄마의 마음은 그게 아니었다. 딸이 자신처럼 하고 싶은 일을 하지 못할까 봐 걱정하고, 하고 싶은 일을 하며 행복한 삶을 살기를 매일 밤 기도했다. 그저 자신과 같은 삶을 살지 않았으면 하는 마음이 전부였을 뿐이었다.

—

엄마는 종종 나를 잘 키워내는 일이
자신의 남은 인생의 전부라고 이야기했다.
그럴 때마다 나는 그런 게 어디 있냐며
엄마는 엄마 인생을 살라고 타박을 놓았다.

제 2장

스물, 애와 증
그 사이에 서서

"엄마는 엄마 인생을 살고 있는 거야."

죄책감을 더는
주문

어쩔 수 없었어. 스무살이 된 후로 그럴싸한 핑계를 만드는 일에 익숙해져갔다. 엄마와의 저녁 약속보다 중요한 일이 많아졌고, 아무렇지 않게 약속을 어기는 날이 잦았다. 다른 사람들과는 전화로 몇 시간씩 수다를 떨면서도 스마트폰 액정에 엄마 번호가 뜨면 전화를 돌리기 바빴다. 스무살에게는 엄마와 전화하는 일보다 지금 당장 눈앞에 놓인 중요한 일들이 많았다. 친구들과 카페에 앉아 수다를 떨거나 과방에 앉아 시간을 보낼 때도, 이어폰에서 흘러나오는 노래를 들으며 집으로 돌아오는 시간에도 엄마의 전화는 가장 뒤로 밀려나는 존재였다.

"왜 이렇게 전화를 안 받아."

그런 날이면 엄마는 현관을 들어서는 나를 붙잡아두고 한참 걱정 섞인 잔소리를 쏟아냈다. 나는 으레 어쩔 수 없었다는 식의 핑계를 만들어 놓고 우리 사이에 높은 벽을 쌓았다. 친구들과 관계를 유지하기 위해 어쩔 수 없이 시간을 함께 보내야 했고 학교생활을 잘 해내기 위해 어쩔 수 없이 엄마 전화를 받을 수 없었다. 나도 그 모든 상황을 어찌하지 못하는 것처럼 당연히, 으레 해야 할 일들을 하다가 전화를 받지 못했다고 받아쳤다. 그렇게 엄마에게 나는 치열한 하루하루를 살아가느라 늘 바쁘고 연락조차 쉽지 않은 무뚝뚝한 딸이 되어갔다.

"아니. 어쩔 수 없었다니깐?"

엄마의 잔소리가 길어지는 날에는 짜증이라는 감정이 불쑥불쑥 모습을 드러냈다. 높다란 벽을 사이에 두고 건너편 아래에 숨어서 엄마에게 온갖 짜증을 쏟아냈다. 그럼 엄마는 그 짜증이 원래부터 자신의 몫이었다는 듯이 곧이곧대로 받아들였다. 몇 번 더 실랑이가 오간 끝에 화가 난 내가 다 큰 딸한테 왜 이렇게까지 집착을 하느냐는 말까지 하고 나면 엄마는 문을 쾅 닫고 방으로 사라졌다. 더 의기양양해진 나는 집착하는 연인을 단번에 잘라내려는 사람처럼 손톱을 날카롭게 세우고 엄마 마음에 더 큰 생채기를 냈다. 예전 같으면 이것저것 따져 들며 엄마가 딸한테 이 정도도 못하냐고 같이 언성을 높였을 엄마가 입을 꾹 닫아버리는 날이 많아졌다. 그때도 나는 내가 너무 커버려서 이제 엄마도 어찌하지 못한다 생각했다. 어쩌다 온 집안을 뒤집어엎을 정도로 크게 싸운 날에는 엄마도 나도 며칠을 대화 없이 지냈다. 스무살의 나는 그런 기간이 찾아올 때마다 이제 며칠 동안은 엄마에게 전화가 오지 않는다는 사실에 기뻐했다.

＊

어느 날 집으로 돌아오는 길에 꽤 오랫동안 엄마의 부재중 전화를 보지 못했다는 생각이 문득 스쳐 지나갔다. 혹시나 하는 마음에 통화 목록을 뒤지다가 그보다 더 오래 엄마와 통화를 하지 않았다는 사실을 깨달았다. 이번에는 단단히 골이 났군. 거기까지 생각이 미친 나는 집에 오자마자 방문을 벌컥 열었다. 아무 일도 없었다는 듯 평소처럼 엄마를 대하면 엄마는 또 못 이기는 척 넘어갈 게 뻔했다.

엄마는 이불을 꽁꽁 싸매고 돌아누워 누가 왔는지도 모르고 단잠에 빠져있었다. 겁이 많은 엄마는 혼자 있을 때면 습관처럼 온 집안 불을 다 켜놓고 TV를 틀어놓고 잠을 잤다. 언제부턴가 매일 가위에 눌려 스스로 내린 특단의 조치였다. 나는 TV를 끄고 전등 스위치를 내렸다. 조용히 방문을 닫고 나와 저녁을 차렸다. 오래간만에 기특하다는 칭찬을 듣고 싶어 찌개가 다 끓기도 전에 엄마에게 달려갔다. 주방에서 투덕거리는 소리가 들렸을 텐데 엄마는 아직도 깊은 잠에 빠져있었다.

"무슨 초저녁부터 잠을 이렇게 깊게 자. 밤에 잠도 못 자게."

퉁명스럽게 엄마가 덮고 있는 이불을 걷어냈다. 이상했다. 걷어낸 이불이 축축하게 젖어 맥없이 쓰러졌다. 땀으로 묵직해진 이불이 내 손을 떠나자마자 축 늘어져 버렸고 그 아래에 엄마가 새우처럼 등을 구부리고 힘없이 누워있었다. 잠옷이 흥건하게 젖어있었고 온몸에서는 뜨거운 열이 뿜어져 나왔다. 놀란 내가 몸을 흔들어 깨우자 엄마는 딸, 하고 낮고 긴 신음 소리를 냈다. 이마가 불덩이였다. 어디가 아프냐는 물음에 엄마는 가까스로 괜찮다는 말을 이어갔다. 그러고는 몸을 일으켜 세웠다. 금방이라도 아지랑이가 피어오를 듯 온몸에서 뜨거운 열기가 느껴졌다. 그 와중에도 엄마는 팔을 뻗어 휴대전화로 시간을 확인했다.

"벌써 시간이 이렇게 됐네. 밥은?"

"전화는 뒀다가 뭐해. 이렇게 아프면 말을 해야지."

"약 먹고 자면 되는데 바쁜 애한테 전화는 무슨."

"문자 메시지라도 남겨 놓으면 되잖아."

"네가 언제부터 나를 그렇게 신경 썼다고. 밥 먹자."

엄마라고 저장된 번호로부터 온 수많은 부재중 전화가 스쳐 갔다. 돌이켜 보면 엄마는 그렇게 많은 부재중 전화를 남기고도 단 한 번도 문자 메시지를 남기지 않았다. 그 수많은 전화 속에 아마 이런 시간이 몇 번은 더 있었을 것이다. 병원에 가야 한다고 혹은 약을 사다 달라고 전화를 계속 걸어도 엄마는 끝끝내 내 목소리조차 들을 수 없었겠지. 일정한 간격을 두고 반복되는 신호음만 듣다가 기어이 아픈 몸을 끌고 약을 지으러 집을 나섰을 상상을 하니 미안한 마음이 들었다.

＊

어렸을 때는 잠을 자려고 눈을 감는 순간부터 아침에 다시 눈을 뜰 때까지 시간이 멈춰있다고 생각했다. 누구에게나 똑같이 24시간이 주어지지 않는다고 믿었다. 일찍 잠이 든 날에는 억울해하다가 잠을 많이 자지 않아도 되는 어른이 되고 싶다고 소원을 빌었다. 엄마는 어른이라 나보다 훨씬 많은 시간을 가졌고 그 시간에 바깥 일이며 집안일을 도맡아 할 수 있는 줄 알았다. 그 시간을 몽땅 우리를 위해 쓰는 엄마를 보면서도 엄마니까 당연히 그래야 한다고 생각했다.

우리가 자라고 엄마가 어느 정도 여유를 되찾았을 때도 달라지는 건 없었다. 시간은 쉬지 않고 흐르고 한 번 흐르고 난 시간은 다시 되돌아오지 않는다는 사실을 안 뒤에도 나는 엄마가 가진 시간에 인색했다. 오히려 악착같이 아까운 내 시간을 지키려고 엄마의 시간을 당연하게 여겼다. 엄마와 전화를 하는 동안 흘러가 버리는 내 시간은 그렇게 아까워하면서도 단한 번도 엄마의 시간에 대해 생각해본 적이 없었다.

"엄마는 엄마 인생을 살고 있는 거야."

죄책감이 들 때마다 나를 위로하는 마법의 주문처럼 같은 말을 내뱉었다. 엄마가 보내는 시간은 전적으로 엄마의 몫이다. 엄마가 선택하고 시간을 나눠 자신의 삶을 꾸려가는 것일 뿐이다. 엄마가 내게 전화를 거는 일도 내가 엄마의 전화를 뒤로 미루는 일도 모두 각자의 선택이다. 서로에게 책임이 있을 리 만무하다. 내 마음 편해지자고 그런 주문들을 숱하게 되뇌었다. 그날도 나는 끝끝내 그동안 전화를 받지 못해 미안하다는 말을 하지 않았다. 나에게 어느 정도 책임이 있다는 사실을 알면서도 행여 엄마가 책임의 무게를 떠넘길까 봐 겁부터 났다. 미안하다는 말 대신 약봉지를 내밀며 더 언성을 높이는 일로 상황을 무마했다.

몇 번이나 더 그런 시간을 보내고 나서야 엄마를 살피는 법을 배웠다. 내가 놓친 것은 단순히 전화만은 아니었다. 엄마의 시간을 놓치고 엄마의 말들을 잃게 했다. 때때로 어떤 말은 말할 타이밍을 놓치고 나면 그대로 형태를 잃는다. 엄마는 우리가 상처를 받을까 혹은 힘든 상황을 알게 될까, 하는 마음으로 살면서 속으로 숱한 말을 삼켜왔다. 그 말들은 그대로 형태를 잃어 엄마 가슴 어딘가에 응어리로 남았다. 그렇게 이십 년 가까이 살아온 엄마에게 그럴 때마다 왜 바로 말하지 않았느냐고 다그치는 내 자신이 오히려 부끄러워졌다. 왜 엄마는 한 번도 네가 물어보기나 했냐고 속 시원하게 말하지 못했을까. 책임의 주체를 찾아 헤매는 긴 생각 끝에 오늘에서야 비로소 나는 나에게 책임을 묻는다.

"엄마는 엄마 인생을 살고 있는 거야."
죄책감이 들 때마다 나를 위로하는 마법의 주문처럼
같은 말을 내뱉었다.

외로움
증폭기

"어."

"딸, 어디야?"

"왜."

"밥이나 같이 먹자고."

퇴근 시간을 한 시간 정도 남겨두고 엄마의 전화를 받는 일이 잦아졌다. 무슨 일이 있느냐고 무미건조하게 전화의 용무를 따져 묻는 내게 엄마도 그냥, 이라는 무미건조한 대답을 했다. 지하철이 도착하는 시간에 맞춰 역까지 마중 나온 엄마가 신호등 아래서 옷깃을 여미고 있었다. 신호등 끝에서 만난 엄마가 건넬 말은 뻔했다. 오늘은 남이 해주는 밥을 먹고 싶어.

동네에서 유일하게 파스타를 파는 이탈리안 레스토랑에 가고 싶다는 신호였다.

"파스타 집에 가?"

"아니. 오늘은 딸이랑 한잔하고 싶은데."

"웬일이래."

엄마는 고기가 다 타버릴 때까지 머릿속에 맴도는 말들을 아무렇게나 쏟아냈다. 내 접시에 덜어 놓은 고기가 모두 사라질 때까지 엄마의 접시는 비워질 줄 몰랐다. 회사 동료의 무용담부터 오늘 찾아왔던 손님의 말도 안 되는 행실까지 매일 반복되는 일상 속에서 오늘 겪은 새로운 이야깃거리를 찾아 들려줬다. 개중에는 며칠 전 들은 내용이 데자뷔처럼 스치기도 했다. 엄마는 자신이 그 말을 했었다는 사실을 모르는 듯했다. 그러면 나도 그대로 모른 척하고 조용히 맞장구를 쳤다.

술 때문인지 갑자기 얼굴이 확 달아오른 엄마는 손으로 부채질을 했다. 안면홍조를 심하게 앓고 있는 사람처럼 얼굴이 붉어지더니 이내 이마에서 땀 한 줄기가 흘렀다. 한겨울에 땀이라니. 엄마는 손수건을 꺼내 이마를 닦더니 외투 안에 입었던 조끼까지 벗어 던져버렸다. 요즘 부쩍 덥네, 한겨울에 옷을 벗는 일이 무안했는지 변명 같은 말을 덧붙였다. 엄마는 고기를 몇 점 집어 먹는가 싶더니 다시 이야기를 이어갔다. 나도 그랬다며 내 이야기를 꺼내려고 하면 엄마는 재빠르게 말을 낚아챘다. 하고 싶은 말이 많은 모양이었다. 몇 번 그런 식의 대화가 반복되고 나면 엄마가 내 이야기를 들어줄 마음이 있기는 한 건지 의심이 일어 짜증이 난 적도 종종 있었다.

술이 조금 더 들어가면 엄마는 깊은 이야기를 꺼냈다. 주변 사람들 때문에 힘들었던 일, 요즘의 고민 따위를 술술 풀어냈다. 아마 이 이야기를 하고자 회사 동료의 무용담이며 손님의 행실 따위를 말했을 것이다. 빙빙 돌아 자신이 하고 싶은 말까지 오는 일. 엄마의 뻔한 레퍼토리였다. 그러면 나는 스무고개 하듯 엄마의 말 속을 헤집어 숨은 답을 찾아내 준다. 어차피 정답은 엄마 안에 있고 나는 원하는 답을 찾아 상기시켜주면 그뿐이다. 현실적인 조언을 하거나 내 의견을 말하면 엄마는 언제나 슬픈 표정을 하고 자신의 입장을 대변하려 들었다. 엄마에게는 그저 따뜻한 위로의 한마디가 필요하다는 사실을 알게 된 다음부터는 욱하는 감정이 들더라도 내내 엄마 편에 서야 한다고 스스로 되뇌었다.

유독 하루가 피곤한 날에는 의무감으로라도 엄마와 마주 앉아 있을 힘조차 없을 때가 있다. 그러면 엄마는 귀신같이 알아차리고 그만 집에 가자, 라는 말을 했다. 그날도 밀려든 업무와 예정일도 아닌데 갑자기 시작한 생리로 몸이 천근만근이었다.

"엄마 나 너무 피곤한데."

"그럼 딱 한 병만 더하고 들어갈까?"

"그냥 가면 안 돼? 나 오늘 생리도 시작했어."

엄마가 조금 이상했다. 그동안 먼저 술을 먹자는 말을 꺼낸 일도 피곤하다고 말하는 내게 집에 가기 싫은 사람처럼 군 적도 없었다. 이상하다고 생각했지만 엄마에게 맞춰줄 힘이 남아 있지 않았다. 엄마의 낯빛이 어두워지고 있다는 사실을 눈치채고도 모른 척 자리에서 일어나 계산대로 향했다. 엄마도 옷가지를 챙겨 들고 한손으로 부채질을 하며 따라나섰다. 옷을 입으라는 말에 더워서 그래, 라는 말도 안 되는 대답이 돌아왔다. 남들은 패딩 안에 옷을 여러 겹 껴입고도 옷깃을 여미는 마당에 덥다니. 부쩍 엄마가 떼를 쓰는 일이 잦아진 것 같아 감정이 격해졌다.

"말이 되는 소리를 해야지. 날씨가 영하인데 덥다는 게 말이 돼? 집에 가자고 했다고 시위하는 거야? 요즘 왜 이래 도대체."

"알았어. 입을 게 입어."

"아니 도대체 요새 왜 그러는 거야. 이유나 좀 들어보자."

"너도 늙어봐라."

＊

집에 오는 내내 아무런 말이 없던 엄마는 문을 열고 들어오자마자 김치와 소주를 꺼내 식탁에 앉았다. 투명한 물컵을 꺼내 소주를 벌컥벌컥 따르더니 한쪽 다리를 끌어안고 술을 들이켰다. 방에 들어가려다가 엄마 손을 막아서며 다시 이유를 따져 물었다. 도대체 뭐가 문제여서 이렇게까지 하는지 나로서는 알 길이 없었다.

"요즘 뭐 때문에 그래. 말을 해야 우리도 알 거 아니야."

"이유가 없어."

엄마는 자신에게 일어나는 모든 변화에 명확한 단어를 붙여 설명할 수 없다고 했다. 팔 개월 전부터 생리 양이 줄더니 두 달 동안 아예 소식이 없다는 이야기를 덧붙였다. 어느 날부터인가 화장실에 있는 생리대가 줄어들지 않는다고 생각했던 일과 엄마가 부쩍 화를 내거나 식은땀을 흘리는 일이 잦아져 이상하다고 여겼던 일들의 실마리가 하나둘 풀려갔다.

엄마는 자신에게 찾아온 변화에 대해 털어놓았다. 한없이 춥다가도 갑자기 속에서부터 열이 나서 몸이 확 뜨거워지고 식은땀을 흘리게 된다고 했다. 속에서 화산이 폭발하는 듯한 느낌이 들면 부채질을 해도 소용없고 선풍기를 틀어도 가슴이 뛰었다. 그러다가 순식간에 몸이 뜨거워져 어찌할 바를 모르겠다고 했다. 밤에는 잠이 잘 오지 않아 TV나 휴대전화를 보며 쪽잠을 자기 일쑤고 부쩍 기억력도 나빠졌다. 내가 늦게까지 들어오지 않은 날에는 갑자기 이상한 불안감에 휩싸여 짜증이 나고 잠도 들지 못한다고 고백했다. 엄마가 이렇게까지 큰 변화를 겪고 있는데 우리는 아무것도 알아채지 못했다는 사실에 눈물이 났다.

'내가 지금 뭘 하고 있지? 이렇게 살아서 무얼 할까. 이제 나는 누구에게도 쓸모없는 존재잖아.'

엄마는 어느 날 TV를 보며 그런 생각이 들었다고 한다. TV를 보다가 문득 스쳤던 생각은 일하는 도중에도 친구나 가족을 만나 이야기를 나누는 중에도 불쑥불쑥 엄마의 머리를 강타했다. 엄마의 난데없는 고백 앞에 나는 어찌할 바를 몰라 엄마와 마주 앉아 같이 술을 들이켰다. 엄마도 나도 모두 처음 겪는 일에 적잖이 혼란스러워졌다. 한참 술잔만 기울이다 먼저 말을 꺼낸 건 내 쪽이었다.

"엄마는 내가 생리를 처음 시작했을 때 어떤 기분이었어?"

"기뻤지. 우리 딸도 이제 여자가 되는구나, 생각했거든."

"그게 다였어?"

"아니. 한편으로는 덜컥 겁이 나기도 했어. 이제 너에게 알려줘야 할 것도 챙겨줘야 할 것도 많다는 생각이 들었거든. 엄마로서 잘 해내야 한다는 생각이 앞서 더 긴장했지. 엄마도 엄마가 처음이라 실수투성이였어."

"맞아. 그때 엄마도 나도 정말 서툴렀어. 엄마가 선물이라면서 덜컥 휴대전화를 사줬잖아. 고작 초등학교 5학년한테. 다른 엄마들은 예쁜 파우치를 선물하고 소소한 파티를 열어줬는데 말이야."

"네가 갖고 싶다고 했다 뭐."

우리는 예전 일들을 이야기하며 한참 시간을 보냈다. 하하 호호 웃고 떠드는 사이 엄마는 다시 열이 올랐는지 걸치고 있던 카디건을 벗고 새 안주를 만들기 시작했다. 나는 엄마 뒤에 서서 엄마를 껴안았다. 나보다 부쩍 키가 작아진 엄마 어깨에 얼굴을 파묻고 한참을 서 있었다.

"애가 왜 이래. 징그럽게."

"엄마, 나도 기뻐. 요즘은 폐경이 아니고 완경이라고 한대. 월경을 완성했다는 의미래."

"예쁜 말이네."

"이제부터가 진짜 엄마 인생을 사는 새로운 시작인 거야. 축하해."

언젠가 이런 날이 올 거라 막연하게 생각하고 있었다. 슬퍼하는 엄마에게 해주려고 여러 멋진 멘트를 준비했었다. 막상 엄마의 입에서 갱년기라는 단어를 듣고 나니 어떤 말부터 어떻게 꺼내야 할지 도무지 생각나지 않았다. 10년도 더 전에 엄마가 서투르게 내 초경을 축하했던 날처럼, 나도 서투르게나마 엄마의 완경을 축하하는 일밖에 할 수 있는 일이 없었다.

그 후로도 엄마는 자주 외로워하고 이따금 힘든 시간을 보냈다. 외로움이 증폭기를 달고 걷잡을 수 없이 커질 때마다 엄마는 술의 힘을 빌려 자신의 외로움에 대해 털어놓았다. 나는 그때마다 엄마의 데이트 신청을 받아주고, 엄마의 일을 덜어주기 위해 노력했다. 엄마는 그 정도면 충분하다고 했다. 아직 내 인생에 엄마가 영향을 미칠 수 있는 자리가 남아 있다면 그걸로 충분하다고. 우리만 있으면 이 정도 외로움은 이겨낼 수 있다고.

"이제부터가 진짜 엄마 인생을 사는
새로운 시작인 거야.
축하해."

엄마에게 찾아온
변화

몇 년째 관계를 유지하고 있는 친구와 대화를 하다가도 문득 놀라게 되는 부분이 있다. 그 놀람은 대개 '이 친구에게 이런 면도 있었구나' 혹은 '이런 생각을 하는 친구였구나', 하는 몰랐던 부분을 발견하는 일에서부터 시작된다. 그럴 때면 여태까지 내가 보고 싶은 대로 상대방의 모습을 그려왔다는 생각에 조금 죄책감을 느끼기도 한다. 엄마가 갱년기를 겪으면서 우리 집에서는 이런 일들이 비일비재하게 일어났다.

엄마의 감정은 상한선과 하한선의 끝을 알 수 없을 정도로 기복이 커졌다. 엄마가 처음으로 낯설게 느껴졌다. 같이 웃고 떠들며 시간을 보내다가도 어느 순간 어떤 한 마디에 버럭 화를 내는 일이 잦아졌다. 그러면 엄마는 어김없이 볼이 발갛게 달아올랐고 우리는 모든 손을 동원해 연신 손부채질을 하며 열을 식혀줘야 했다. 얼굴부터 시작해 온몸이 점점 건조해진다며 하루가 멀다 하고 홈쇼핑에서 화장품이며 갱년기 약을 주문하는 통에 식구들이 매일 몇 개씩 택배를 받아야 하는 고통에 시달렸다.

어느 날은 책을 읽다가 한 소절이 가슴을 찔러서 울고 또 다른 날에는 드라마를 보다가 주인공의 생이 슬퍼서 눈물을 흘렸다. 친구의 부모님이 돌아가신 날에는 아예 나를 부둥켜안고 엄마를 잃어버린 어린아이처럼 펑펑 울었다. 하루는 친구들과 나들이를 한다며 아침 일찍 과일을 바리바리 싸 들고 신이 나서 집을 나섰다가 이른 오후에 지친 몸에 아픈 마음마저 업고 들어온 날도 있었다. 신이 나서 걷고 뛰고 산에도 오르고 싶은데 근육통과 관절통으로 몸이 따라주지 않았다고 했다. 몸이 따라주지 않으니 마음이 조급해졌고 집에 가 침대에 눕고 싶다는 생각이 든 뒤로 급격하게 피곤해져 발길을 돌렸다고 했다.

그다음으로 잠이 서서히 줄어갔다. 엄마는 우리를 키우며 쪽잠을 자면서도 뒤척이는 일이 거의 없었다. 하루하루가 고단해 어딘가에 앉거나 머리를 기댈 곳만 있으면 꾸벅꾸벅 졸곤 했다. 그런 엄마가 밤에 도통 잠을 이루지 못했다. 엄마의 시간은 점점 불규칙해져갔다. 밤에 도통 잠을 이루지 못해 하루가 더 피곤해졌고 초저녁에 깜빡 잠이 들었다가 자정이 다 되어 잠에서 깬 엄마는 말똥말똥한 눈으로 밀린 집안일을 시작했다. 3시가 다 되어서 겨우 잠이 든 엄마는 집 안 누군가 화장실을 가는 작은 소리에도 정신이 번쩍 들었다. 다시 잠이 든다고 해도 5-6시면 저절로 눈이 떠졌다. 그렇게 엄마는 새벽녘에 잠이 들어 새벽이 채 끝나기도 전에 눈을 뜨는 일이 일상다반사가 되었다.

어느 날 밤부터 엄마는 베란다에 앉아 별을 바라보기 시작했다. 제법 별빛이 짙어지는 밤이면 엄마는 별을 헤아리며 새벽 시간을 보냈다. 매일 밤 별을 보던 엄마는 별자리가 궁금하다며 공부를 시작했다. 또 스마트폰 카메라로 별을 몇 번 찍더니 별을 찍을 수 있는 카메라에 관해 묻기도 했다. 별을 헤아리기 위한 별자리 공부를 시작으로 엄마는 꽤 오래 학업에 대한 의지를 불태웠다.

처음에는 정년퇴직 이후의 삶을 준비한다며 요양보호사 자격증을 공부했다. 실습을 마치고 집에 돌아온 날에는 매번 혼자 식탁에 앉아 술잔을 기울였다. 하루는 식탁을 사이에 두고 마주 앉은 나에게 누군가의 신세 한탄을 대신 늘어놓았다. 대개 치매나 중증 질환을 앓는 부모를 요양원에 모셔 놓고 한 번도 찾아오지 않는 자식들에 관한 이야기였다. 자식이 없는 환자인 줄 알았는데 알아보니 땅값 비싼 서울에서 떵떵거리며 잘살고 있는 자식이 있는가 하면 오랜만에 부모님을 보러 찾아와서는 30분을 채 넘기지 못하고 자리를 뜨는 사람도 있었다. 엄마가 그런 사람들에 관해 이야기할 때마다 우리는 안 그럴 거야, 라는 말로 불편한 상황을 모면했다. 엄마는 종종 그런 사람들을 보며 인생을 길게 사는 일이 좋지만은 않은 것 같다는 말을 해 불편한 우리 마음에 더 큰 짐을 얹어줬다.

그 후로 엄마는 고등학교 3학년 때 대입을 준비하던 나보다 더 굳은 의지로 공부를 이어갔다. 엄마는 오십이 넘어서 처음으로 공부를 하다 코피를 쏟아봤다고 했다. 가족 모두가 밝은 낮에 뭐하고 다 늦은 밤에 공부하느냐고 타박을 했지만 엄마의 의지는 좀처럼 꺾이지 않았다. 몇 번 실랑이 끝에 우리 가족은 백기를 들었다. 시험을 앞둔 날에는 두 팔 걷고 나서 퀴즈를 내주기도 하고 온라인으로 보는 시험에서 사용할 컨닝페이퍼를 만들어주기도 했다. 그렇게 엄마는 열 개가 넘는 자격증을 가진 자격증 마스터가 되었다.

*

어느 날 엄마는 공부와의 결별을 선언했다. 문득 이렇게 자격증을 모아서 무엇에 쓰지, 라는 생각이 들었다고 한다. 어쩌면 엄마가 자격증을 따며 보낸 시간이 잃어버렸던 엄마의 인생을 되찾아가는 아니, 새로운 인생을 만들어가는 과정이라고 믿었던 우리의 믿음이 틀렸다는 생각이 들었다. 엄마는 우리의 삶에서 벗어나 온전히 자신만을 위한 삶을 그렸을 때 가장 먼저 불안한 미래를 떠올렸고 막연한 불안을 지우기 위해 완벽한 미래를 완성하는 방법에 대해 갈구했는지도 모른다. 그러던 어느 날 문득 남은 생의 목표를 떠올려봤을 때 뚜렷한 무언가가 보이지 않았고 그대로 무너져내렸다. 엄마는 처음 갱년기를 맞았을 때와 같은 상태로 돌아갔다. 우리는 엄마의 방황을 지켜보면서도 그럴싸한 대안을 마련해주지 못했다.

엄마는 시간이 흐를수록 점점 더 낯선 사람이 되어갔다. 엄마에게 이런 모습이 있었나, 하는 생각이 들 때마다 우리도 같이 늪에 빠져 허우적거렸다. 겨우 정신을 차려 우울의 바닥에서 허우적거리고 있는 엄마를 끌어올리려다가 손이 미끄러져 엄마를 놓치기도 했다.

"엄마는 이제 무얼 해야 할지 모르겠어."

"꼭 무엇을 해야만 하는 거야?"

"네 말대로 엄마에게도 드디어 새로운 인생이 시작된 줄로만 알았는데 삶은 하나도 달라진 게 없어. 나는 여전히 네 엄마일 뿐이야. 네 걱정을 하고 네 뒤치다꺼리를 하는 거 외에 어떤 일을 그럴싸하게 해낼 자신이 없어. 살면서 늘 바로 앞에 어떤 상황이 놓여 있는지 알 수 없어서 고통스럽고 괴로웠는데 60을 바라보는 이 나이에도 여전히 바로 앞을 알 길이 없어. 너무 잔인하지 않니."

"엄마, 꼭 무언가를 해내야만 하는 거야? 엄마가 행복해질 수 있는 지금을 즐기면 되지. 오지도 않은 미래에 가서 힘들어하며 살 필요는 없잖아."

나에게 하는 말인지 엄마에게 하는 말인지 청자를 알 수 없는 말을 쏟아내고 나니 속이 후련해졌다. 엄마는 한참 말이 없었다. 깊은 생각에 잠겨 있는 듯하더니 그날 저녁에는 일찍 잠이 들었다. 그날 이후 나는 시집부터 컬러링북, 보석 십자수까지 엄마의 현재를 위해 할 수 있는 일을 찾아헤맸다. 우리와 함께 무언가를 해나갈 때마다 엄마는 조금씩 건강해졌다. 엄마도 우리도 서툴지만 조금씩 엄마의 삶을, 엄마가 현재를 살아가는 방법을 깨우쳐 가고 있다.

―

엄마도 우리도 서툴지만 조금씩 엄마의 삶을,
엄마가 현재를 살아가는 방법을 깨우쳐 가고 있다.

평행이론

몸이 변했다. 남들보다 빠른 성숙은 자연스레 이목을 끌었고, 그대로 사춘기가 시작됐다. 가슴이 봉곳 솟아오른 뒤부터 몸에 붙는 티셔츠를 기피했다. 난생처음 착용해보는 속옷은 맞지 않는 신발을 종일 신고 다니는 만큼의 고통이 따랐다. 속옷을 소재로 장난을 걸어오는 몇몇 남자아이들 틈에서 주목받지 않기 위해 항상 두 사이즈 큰 티셔츠를 입었다. 달리기 시합이 있는 날이면 불편한 시선을 받아야 했고 부끄러움은 온전히 내 몫이 되었다. 사춘기 소녀에게 이 모든 상황은 불편함 그 자체였다.

초경을 시작하고부터는 매달 일주일 이상 예민한 날을 보냈다. 예정일이 다가오면 신경은 늘 곤두서 있었고 일주일 동안은 책상에 앉았다 일어나는 사소한 일조차 대수롭게 여겼다. 생리대가 담긴 작은 주머니는 언제나 비밀의 대상이 되어야 했다. 엄마는 네 몸을 위한 소중한 주머니니까,

라는 이유를 붙여 화장실 문을 걸어 잠글 때까지 내용물을 보여선 안 된다고 신신당부했다. 엄마들의 신신당부 덕분에 남녀 합반 교실에서는 친구의 생리대를 빌리기 위해 첩보 작전을 펼치는 일이 비일비재했다.

중학생이 되고 마음이 동하면서부터 사계가 요동치기 시작했다. 봄을 느낄 새도 없이 여름이 왔고 그대로 곰팡이처럼 방구석에 눌러앉아 숨만 쉬며 우울을 키웠다. 이유를 알 수 없는 울음들이 찾아와 문을 두드리는가 싶더니 이내 마음에 큰 구멍을 내고 사라졌다. 어린 마음에 난 구멍은 계절이 다 가도록 메워지지 않았다. 낙엽이 바닥을 뒹구는 소리에 흘렸던 눈물이 어느새 결로가 되어 겨울의 유리창을 서성거렸다. 그렇게 몇 해를 보냈다. 사소한 핀잔 한 번에 열병 환자처럼 끙끙 앓다가도 좋아하는 선생님의 칭찬 한 마디에 구름 위를 걷듯 마음이 가벼워졌다. 감정 기복은 걷잡을 수 없을 정도로 파장이 컸고 사람과의 관계에서 오는 시련이 살을 에고 심장을 후벼파는 일이 허다했다.

사춘기를 지나는 사이 우리 가족 역시 감정이 요동치는 사계의 굴레에서 벗어나지 못했다. 나는 갑작스레 찾아온 변화를 구구절절 설명하는 대신 입을 무겁게 걸어 잠그는 방법을 택했다. 가족이 건넨 물음에 대꾸하지 않는 날이 많았고, 어느 순간부터 가족도 내 변화를 일일이 따져 묻는 일을 그만두었다. 마음을 트고 지내는 친구들과 밤이 늦도록 함께 있는 날이 늘어갔다. 그래봤자 까만 밤하늘에 별이 동동 뜰 때까지 놀이터에 앉아 수다를 떠는 일이 전부였다. 한없이 크게만 느껴졌던 여중생의 세상. 그 여중생은 손을 뻗어 닿지 않는 곳에 어른의 세상이 있다 믿었고, 그 세상을 막연히 동경했다. 어른의 세상에 있을 자신의 미래를 하늘에 그려보고 다시 지우는 일을 반복하기도 했다.

이런저런 이야기에 빠져있다 보면 집에서 온 전화를 받고 자리를 털고 일어나는 친구들이 하나둘 생겼다. 내 휴대전화는 그때까지 한 번도 울리지 않았다. 텅 빈 집에 들어서고도 한참이 지난 후에 가족이 하나둘 집으로 돌아왔다. 누군가 집에 올 때마다 잠긴 방문을 열려는 소리가 방 안 가득 퍼졌다. 그때마다 나는 불도 켜지 않은 채 더 깊은 어둠 속에 파고 들었다. 그러면 방문을 움켜쥔 누군가는 금세 포기하고 돌아섰다. 마지막에 들어온 누군가가 방문을 똑똑 두드렸다.

"자니?"

엄마였다. 아무런 대꾸를 하지 않고 방 안 구석으로 더 파고들었다.

"딸, 대화 좀 하자."

"그냥 좀 내버려둬."

사춘기라는 꼬리표 뒤로 숨어든 이유를 알 수 없는 외로움과 우울은 오롯이 내 몫이었다. 어려서부터 내 안에 찾아온 감정을 혼자 다스리는 일에 익숙했던 나는 누군가와 이 감정을 나눌 수 있다는 사실을 몰랐다. 사춘기를 지나면서도 여전히 나는 내면에 찾아온 외로움과 우울을 혼자 다스리는 방법을 찾아 헤맸다. 그때 우리 가족 중 누군가라도 조금 더 손을 뻗어 그 시간을 함께 보내는 법을 알려줬다면, 내가 용기를 내어 가족의 손을 먼저 잡았다면 조금 더 빨리 사춘기를 지날 수 있지 않았을까 생각하곤 한다.

*

역시나 몸이 먼저 변했다. 남들보다 늦은 변화는 그만큼 성숙한 대처를 가능하게 했고, 그대로 갱년기로 들어섰다. 처음에는 양이 줄었고 다음에는 날짜가 짧아지더니 이내 주기가 들쑥날쑥해졌다. 아이들을 다 키워 놓고 나면 어느 날 불쑥 갱년기가 찾아온다던 친구들의 말을 떠올렸다. 한창 갱년기 속에 살고 있는 몇몇 친구가 장난처럼 툭툭 뱉는 상황이 놀라울 정도로 척척 맞아 떨어졌다. 그때마다 나 혼자만 겪는 일이 아니라는 사실에 위안을 받으면서도 나도 똑같이 겪는다는 사실에 이유 없이 불안해졌다. 몇 개월을 그렇게 보내고 나니 여자로 살아온 삶도 끝이 오는구나, 하는 생각에 덜컥 겁이 났다.

이후 난생처음 겪어보는 일이 줄을 지어 나타났다. 이따금 몸 속에 있는 휴화산이 뜨겁게 일을 하기 시작했다. 몸 안에 뜨거운 용암이 끓어오르고 이내 목덜미가 뜨거워질 정도까지 차올랐다. 문제는 용암이 분출하지 않는 데 있었다. 식은땀을 흘릴 정도로 열이 올랐다가도 언제 그랬냐는 듯 수그러들기를 반복했다. 한 달에 몇 번, 몇 월 며칠에 일어난다는 일정한 룰을 가지고 있으면 좋으련만 시도 때도 없이 속이 뜨거워지는 통에 곤혹스러웠던 적이 한두 번이 아니었다. 덕분에 가족 모두가 열을 식히기 위해 식당에서, 공원에서 난데없는 고군분투를 해야 했다.

사소한 몸의 변화를 걱정하다 보니 마음이 동하기 시작했다. 예측 불가능한 몸이 된 후로 초조와 불안을 달고 살았다. 계절을 봄, 여름, 가을, 겨울로 나누는 일이 무색해질 정도로 여름에 머물러 살았다. 습도 높은 여름날처럼 불쾌지수가 한없이 치솟는 날이 잦았으며, 한겨울에도 코트 안에 반팔을 입는 일이 허다했다. 여름의 온도처럼 뜨거운 방 안에 누워, 온도차 때문에 차가운 유리창에 맺힌 물방울이 한 방울씩 흘러내릴 때마다 같이 눈물을 흘렸다. 사소한 일로 버럭 화를 내는 일이 잦아지고 가족이 내뱉은 칭찬 한마디에 그보다 더 어려운 일들을 척척 해냈다. 스스로 마음을 잘 다스려야 한다는 다짐과 달리 감정은 롤러코스터를 타고 플러스와 마이너스 구간을 오갔다.

갱년기에 살면서도 위태로워 보이지 않기 위해 더 웃어 보이는 일로 엄마로서 의무를 다했다. 반갑지 않은 손님처럼 찾아온 변화를 가족에게 털어 놓는 대신 평소와 다를 바 없는 매일을 사는 방법을 택했다. 갱년기 약은 꼬박꼬박 챙겨 먹지만 아직 큰 변화는 없어, 라는 말로 가족을 안심시키고 스스로를 위안했다. 여태껏 그래왔듯이 꿋꿋이 잘 버텨냈지만 평소와 다르지 않은 행동 하나에도 상처받는 마음은 어찌할 도리가 없었다.

어느 순간부터는 이 집에서 나만 내 삶을 살지 않는다고 생각이 들었다. 주말이면 마음이 맞는 친구들과 영화를 보러 가고 카페에 모여 커피를 마시거나 좀 더 길게 여행을 떠나기도 했다. 그래봤자 친구들과 나누는 대화는 90% 이상이 가족 이야기였다. 하루는 한 친구가 가족 이야기 말고 각자의 이야기를 하기로 하자, 라는 제안을 했고 모두가 승낙했다. 어느 누구 하나 제 이야기를 제대로 말하는 사람이 없었다. 가족이 곧 나고, 내가 곧 가족이었다. 그 사실을 깨닫자 모두가 입을 꾹 다물어버렸다. 세상이 한없이 작게만 느껴졌다. 아무리 벗어나려고 해도 울타리를 쳐놓고 사는 내 세상에서 가족을 울타리 밖으로 밀어놓을 수 없었다. 그 사실에 막연히 젊은 날의 자유를 동경하는 날이 잦아졌다. 과거를 그려보고 내가 살아온 반대편 길로 가는 상상을 하는 일로 스스로를 위로하다가도 이내 현실로 돌아와 안도하길 반복했다.

귀가 시간이 조금이라도 늦어지는 날에는 어김없이 휴대전화가 울렸다. 잠깐 한눈을 파는 사이 찍힌 부재중 전화 몇 통이 족쇄처럼 느껴졌다. 그럴 때면 괜히 심술이 나서 전화를 가방에 넣어버렸다. 그 후로도 시간이 많이 흘렀다는 사실을 깨달으면 전화를 다시 걸 새도 없이 허겁지겁 집으로 향했다.

"왜 이제 와!"

"수다 떨다 보니 조금 늦었네. 미안."

내 시간을 쓰고도 변명 같은 말을 늘어놓고 있자니 조금 억울하다는 생각이 들다가도, 제 자리에 돌아왔다는 안도가 몰려왔다.

"밥 먹었어?"

"엄마는 먹었는데. 밥 차려줄까?"

갱년기라는 그럴싸한 프리패스권을 가졌지만 가족에게만큼은 이 찬스를 쓸 수 없다. 눈앞에 들이닥친 변화와 시련에 맞서 내 뒤로 숨어든 가족을 지키는 일에만 익숙했던 터라 가족 뒤로 숨는 일이 낯설게만 느껴진다. 갱년기를 살면서도 여전히 나는 우리 가족을 지키는 방법을 찾아 헤맨다. 이따금 조금 더 세심한 누군가 먼저 손을 내밀어주면 좋겠다, 라는 생각을 하지만 아직 누군가가 내민 손을 잡고 그 뒤로 숨어들 용기를 낼 수 있을지는 의문이다.

✳

에세이를 준비하면서 여러 차례 엄마를 인터뷰했다. 여자라는 이유만으로 닮은 듯 다른 삶을 살고 있는 엄마와 나. 다만 우리는 서로 다른 방향을 보고 살고 있는 게 아닌가, 하는 생각이 들었다. 각자 불안한 변화의 시기를 이겨내면서 나는, 그리고 우리 가족은 자신을 향해 서서 스스로를 알아가는 방법을 택했다. 반대로 엄마는 인생의 절반 이상을 가족에게 맞춰 사느라 스스로를 잃었으면서도 불안한 변화 앞에서 자신보다 가족을 향해 서 있었다.

처음으로 자신을 위해서 산다는 엄마가 자신이 무엇을 좋아하는지 모르겠다고 고백했을 때도 엄마가 자신을 향해 서서 스스로를 알아가는 방법을 찾을 수 있도록 도와주고 싶다고, 손을 내밀어주지 못했다는 사실에 마음이 쓰인다.

엄마는 인생의 절반 이상을 가족에게 맞춰 사느라
스스로를 잃었으면서도 불안한 변화 앞에서
자신보다 가족을 향해 서 있었다.

서로의 **울타리**
안에서

"이제는 어디 멀리 가지 말아."

내가 일 년간 외국 생활을 마치고 귀국했을 때 엄마는 제일 먼저 내가 외국으로 다시 떠날 일을 걱정했다. 이제는 어디 가지 않아, 하고 딱 잘라 말하는 나를 보고 엄마는 안도의 숨을 뱉었다. 이따금 한국에서 회사 생활이 힘들 때마다 호주가 좋았지, 라며 한숨을 쉬는 내게 엄마는 미간을 찌푸리는 일로 무언의 압박을 주었다.

엄마는 몇 년 간격으로 여러 차례 이별을 겪었다. 우리 집은 두 명 학비를 감당할 만큼 여유가 있지 않았다. 내가 대학에 입학하는 동시에 두 살 터울인 오빠가 휴학을 하고 군대에 가야 했다. 엄마는 오빠한테 미안한 기색이 역력했지만 막상 닥친 이별 앞에선 덤덤했다. 어느 평일 오후로 오빠

입대 날짜가 잡혔고 엄마는 휴가를 내고 논산까지 따라나섰다. 집으로 돌아온 엄마는 알 수 없는 표정을 지었다. 장어를 사서 먹이는데 오빠가 정말 잘 먹더라, 라는 일상적인 이야기를 하면서도 엄마는 처음 보는 표정을 지어보였다.

"울지 않았어?"

"생각보다 괜찮았어. 곧 올 텐데 뭐."

엄마는 생각보다 더 괜찮았다. 아들을 군대에 보내기 전부터 우울증에 시달리는 엄마들에 관한 이야기를 들어왔던 터라 오히려 다행이라는 생각이 들었다. 다행이라는 말은 며칠을 버티지 못하고 역시, 라는 말로 바뀌었다. 오빠가 입대할 때 입고 갔던 옷이 집으로 배달됐고 엄마는 택배 박스를 부여잡고 세상을 잃은 사람처럼 눈물을 흘렸다. 누가 보면 유품이라도 받은 줄 알겠다며 핀잔을 줬지만 엄마의 울음에 괜히 내 눈시울까지 뜨거워졌다. 엄마는 그 후로 오빠 책상에 앉아 울고, 오빠 방이며 침대, 세면도구를 정리하다 눈물을 흘렸다. 이 주가 넘게 슬픔으로 하루하루를 보내던 엄마는 마음을 추스르자마자 잘하지도 못하는 컴퓨터를 켜서 온라인 편지를 보냈다. 그렇게 엄마는 첫 이별을 이겨냈다.

오빠가 제대하고 얼마 지나지 않아 나는 호주로 떠나겠다고 선언했다. 졸업을 한 학기 남겨두고 내 길을 찾기 위해 떠난다는 허울 좋은 핑계를 댔지만 엄마는 단번에 안돼, 라고 대답했다. 연고도 없이 외국에 나가서 일을 한다는 게 말이 되지 않을뿐더러, 내 딸이 결혼 정보 회사에서 기피 대상 1호라는 호주에 다녀온 여성이 되게 내버려 둘 순 없다는 이유가 따라 붙었다. 예전과 달라서 요즘은 연고 없이도 해외에서 잘 살 수 있다, 나는 결혼 정보 회사에 등록해서 하는 결혼 말고 연애결혼을 할 거라는 설득에도 엄마는 꿈쩍도 하지 않았다.

몇 달을 고심한 끝에 내린 결정이 수포가 되게 생겼음을 직감한 나는 지난 방학에 벌어둔 알바비로 40만 원 정도 하는 돈을 지불해 신체검사를 하고 워킹 홀리데이 비자를 받았다. 방학이 시작되자마자 알바를 해서 개강을 이 주 앞두고 목표한 초기 정착금을 모은 나는 엄마에게 비자와 비행기 표를 보여주며 떠날 날짜를 말했다. 친구들과 함께 가니 걱정하지 말아, 라고 말하는 내게 엄마는 어이없다는 표정을 지으면서도 별다른 대꾸를 하지 않았다. 엄마가 머리를 몽땅 밀어버리면 어쩌나 걱정했던 나는 신이 나 짐을 꾸렸다.

출국 날 인천공항까지 배웅을 나온 엄마는 시드니와 떨어진 멜버른에 사는 엄마 친구의 전화번호를 쥐여주며 엄마 대신이라고 생각하라는 말을 남겼다. 그리고는 출국장으로 들어가는 나를 보지도 않고 발걸음을 돌렸다. 오빠 입대 날이 어떠했을지 조금은 상상이 갔다. 애써 웃음을 지어보였지만 엄마의 얼굴은 섭섭함과 걱정이 뒤엉켜 있었다. 오빠를 군대에 보냈을 때 낯설게만 느껴졌던 엄마의 표정이었다.

호주에 도착해 휴대전화를 개통하자마자 제일 먼저 엄마에게 전화를 걸었다. 한 달에 몇 분 국제 전화를 쓸 수 있다는 말에도 전화비가 많이 나온다며 전화를 끊으려는 통에 일 분만에 휴대전화를 내려놓아야 했다. 오빠처럼 내가 입고 간 옷이 집으로 배달되지 않아 다행이라고 생각하면서, 엄마를 위해 더 잘 살아내야겠다는 다짐을 했다. 그 후로 일 년간 엄마가 두 번째 이별을 어떻게 버텨냈는지 나로서는 알 길이 없었다.

내가 한국에 돌아오고 얼마 지나지 않아 엄마의 오랜 친구가 세상을 떠났다. 일 년여의 암 투병 생활 동안 엄마는 매일 같이 병원을 찾아 병간호를 했다. 회사 일을 마치자마자 집에 들러 옷가지를 챙기고 택시를 타고 병원에 다녔다. 상태가 호전되지 않는 친구를 보는 일을 힘들어하면서도 악착같이 친구 옆에 붙어 씻기고 먹이고 긍정적인 생각을 심어주는 일을 도맡아 했다. 끼니를 거르는 일이 잦아지고 매일같이 간이침대에 누워 쪽잠을 잤다. 엄마는 몇 개월 만에 15킬로가 빠졌지만 본인 몸보다 친구의 몸을 지키는 일을 잘 버텨내기 위해 마음을 더 단단히 먹었다.

친구가 세상을 떠나고 엄마는 맥이 풀린 사람처럼 몇 달을 앓았다. 처음 며칠은 밥을 넘기지 못하고 실어증에 걸린 사람처럼 아무 말을 하지 않았다. 기약 없는 이별 앞에 선 엄마는 자신의 세상을 스스로 멈춰버렸다.

"이제 뭘 해야 할지 모르겠어."

한 달 만에 엄마가 처음으로 꺼내 놓은 말이었다. 엄마는 오빠가 군대에 갔을 때 편지를 보내고 면회를 가는 일로 위안을 삼았고, 내가 외국에 나갔을 때는 전화를 기다리고 돌아올 날을 손꼽으며 시간을 보냈다고 했다. 그런데 돌아올 기약이 없는 이별 앞에선 자신이 이제 무얼 하고 살아가야 하는지 모르겠다고 털어놓았다.

돌이켜보면 엄마는 결혼한 후로 내내 누군가를 위해 삶을 살았다. 자신만의 세상을 만들고 울타리를 쳐서 울타리 안을 여기, 울타리 밖을 저기로 구분 지어 놓았다. 가족, 친구, 지인으로 범위가 넓어질수록 울타리의 경계는 모호해졌으나 '여기'라고 칭하는 기준은 명확했고 내내 여기만을 바라보며 살았다. 어렸을 때 오빠와 나는 엄마가 만들어 놓은 여기라는 세상 안에서 각자의 울타리를 만들어 놓고 살았고 엄마는 우리를 돌보는 일로 위안을 얻었다.

오빠와 내가 호기심에 울타리 밖 세상으로 넘어가려고 하면 엄마는 지레 겁을 먹고 울타리를 막아섰다. 결국, 엄마의 간섭을 피해 우리가 울타리 밖으로 뛰어넘었을 때 엄마는 언젠가 이 울타리 안으로 다시 돌아올 거야, 라는 말로 스스로를 위로하곤 했다. 오랜 친구가 울타리 밖으로 나가 영영 돌아오지 않을 거라는 사실을 깨달았을 때 엄마는 짐작했을 것이다. 언젠가 '여기'에 있던 오빠와 나도 '저기' 울타리 밖으로 나가 영영 돌아오지 않을 길을 떠날지 모른다는 사실을.

"이젠 좀 엄마를 위해 살 순 없어?"

엄마의 울타리를 부수고 저기 더 넓은 세상으로 나가라 등 떠밀었을 때 엄마는 내내 세상을 잃은 사람처럼 굴었다. 어디서부터 어떻게 다시 시작해야 하는지 울타리를 짓는 일이 어렵게 느껴진다고 했고, 나는 울타리 없이 사는 법도 깨우치라고 닦달했다. 엄마는 자신을 위해 살다가도 종종 울타리 안 세상을 떠올렸고, 울타리가 있던 자리로 돌아가 우리를 찾았다. 그럴 때마다 나도 울타리가 있는 것처럼 엄마 품에 안기기를 반복했다.

엄마는 그래서 더 혼란스러웠는지도 모른다. 아직 울타리 안 세상은 존재하고 우리는 서로의 울타리 안에 살고 있다고 믿는 눈치였다. 그때부터 나는 내가 먼저 여기에서 벗어나야 한다는 생각에 이를 더 악물었다. 이따금 우리는 엄마 없이도 살 수 있으니 이제 엄마도 엄마를 위해 살아, 라고 당당하게 말할 수 있는 날을 상상하곤 한다. 여기에 아직 엄마가 보듬어야 할 누군가가 남아 있다면 엄마는 내내 그 누군가를 생각하느라 저기로 갈 수 없다는 사실을 알기 때문이다.

—

이따금 우리는 엄마 없이도 살 수 있으니
이제 엄마도 엄마를 위해 살아, 라고
당당하게 말할 수 있는
날을 상상하곤 한다.

제 3장

서른, 여자와 엄마의
생에 대하여

"엄마의 서른은 어땠어?"
"너를 낳았지."
"그게 다야?"
"그게 몇 년 전인데 기억 나겠니."

엄마에게 배운
바다와의 대화법

"바다에 갈래."

이따금 인생의 고배를 마실 때마다 엄마는 같은 레퍼토리를 읊었다. 그런 날이면 우리는 배낭 하나만 메고 버스로 세 시간을 달려 강릉에 갔다. 바다를 마주한 엄마는 앉지도 서지도 않은 어정쩡한 자세로 한참을 바다 속에 잠겨 있었다. 어린 나는 그 옆에 엉덩이를 깔고 앉아 모래를 헤집고 성을 쌓으며 엄마를 기다렸다. 조금 더 자란 뒤에는 책을 읽거나 휴대전화를 들여다보는 일로 시간을 때웠다. 바다는 고요함 속에서 따뜻한 위로를 꺼내 건네고 파도를 보내어 엄마가 바다에 내려놓은 숨들을 거두어들였다. 나는 엄마의 그런 행위를 '바다멍'이라고 불렀다. 멍하니 바다를 바라보는 일만으로도 엄마 가슴에 새겨진 멍이 깨끗하게 씻겨 내려가곤 했으니까. 엄마는 바다가 사계절 내내 따뜻하다고 했다. 그래서 여름이라 덥고

겨울이라 차가워지는 계절의 변화 따위는 별로 중요하지 않아 보였다.

나는 달랐다. 몇 시간이고 엄마를 집어삼키고 놓아주지 않는 바다가 무서웠다. 뜨거운 태양이 내리쬐는 여름이면 엄마가 그대로 녹아버리지 않을까 걱정했고, 강한 바람이 부는 겨울이면 내 키보다 훨씬 높은 파도가 우리를 향해 달려들 때마다 눈을 질끈 감아야 했다. 엄마가 정신을 놓고 망부석처럼 켜켜이 쌓인 생각에 잠겨 있는 사이 나는 정신을 바짝 차려 엄마를 지켜야 했다. 강릉에 다녀온 날에는 내내 온몸에 힘을 주고 있어 이유 없이 몸이 아팠다. 공포의 시간을 견디게 해준 유일한 버팀목은 엄마의 바다멍이 끝나면 함께 먹는 바지락 칼국수였다. 내가 칼국수 가락을 돌돌 말아 숟가락에 얹으면 엄마는 바지락을 골라 그 위에 올려주었다. 엄마를 무사히 지켜낸 뒤 받는 작은 포상 같았다. 엄마가 바다에서 느꼈던 따듯함을 나는 엄마에게서 느꼈다.

*

엄마를 집어삼킨 바다를 무서워하던 아이는 20대가 되어 사방이 바다로 둘러싸인 호주행 비행기에 올랐다. 학원 한 번 다녀본 적 없는 영어 발음으로 말이 잘 통할 리 만무했다. 의사소통이 원활하지 않으니 무엇 하나 내 목소리를 낼 수 없었고 일을 구했다가 그만두어야 하는 상황이 반복되었으며, 호주는 아직까지 곳곳에 동양인에 대한 인종차별이 존재했다. 하루에도 몇 번씩 고배를 들이켰다. 쓰디쓴 시련에 삶의 의지를 잃은 적도 여러 번 있었다. 의지할 곳 하나 없이 낯선 땅에 놓인 나는 자연스레 엄마의 레퍼토리를 떠올렸다.

주말이 되자마자 기차표를 끊어 바다로 떠났다. 집에서 5분 거리에도 바다가 있었지만 나는 시티에서 가장 먼 울런공을 택했다. 엄마가 가까운 인천을 두고 일부러 버스로 세 시간을 달려 강릉에 가는 이유를 알고 싶은 마음도 있었다. 두 시간을 달려 울런공으로 향하는 동안 엄마와 함께 탔던 강릉행 버스를 떠올렸다.

울런공 바다는 어릴 적 내가 가장 두려워했던 바다의 모습과 똑같았다. 하늘은 금방이라도 폭풍 같은 비를 몰고 올 기세였다. 몇 번 천둥이 치고 번개가 번쩍했지만 그 아래에서 수많은 사람이 평소와 다를 바 없는 하루를 보내고 있었다. 바다 앞 레스토랑에 삼삼오오 모여 앉아 이야기를 나누거나 엄마가 물가에서 노는 아이들을 돌보기도 했으며, 어린아이들이 모여 모래성을 쌓고 놀았다. 화가 난 하늘이 소낙비를 뿌려댔지만 오히려 잘 되었다며 바다에 뛰어드는 이가 하나둘 늘었다. 소낙비가 그친 뒤에 나는 잔디에 앉아 한참 그 광경을 지켜봤다. 비에 젖은 생쥐 꼴을 하고 세상에서 가장 행복한 표정을 짓고 있는 사람들. 그들을 보고 있으니 나만 행복하지 않은 건 아닐까, 덜컥 겁이 났다. 지금 가고 있는 길이 맞기는 한 걸까. 왜 나만 이렇게 힘이 들까. 한참 이런저런 생각에 잠겨 바다 곁을 헤매고 다녔다.

잔디에 스며들었던 물이 흰 바지를 연둣빛으로 물들여갈 때쯤 누군가 내 어깨를 두드렸다. 고개를 들자 프리 허그 팻말을 든 동양인 여자아이가 서 있었다. 나를 향해 프리 허그 팻말을 흔들더니 새하얀 이를 드러내며 환하게 웃어 보였다. 그 아이가 내민 손을 잡고 일어나 나보다 체구가 작은 아이를 아무 말 없이 꼭 안아주었다. 엄마 품처럼 따뜻했다. 분명 먼저 안은 쪽은 나였는데 위로받은 쪽 역시 나였다. 짧은 작별 인사와 함께 인파 속으로 사라진 아이. 엄마 품이 신기루처럼 사라져버렸다.

다시 바다를 향해 앉아 엄마에게 전화를 걸었다. 신호음이 울리고 얼마 지나지 않아 엄마가 전화를 받았다. 왜 이렇게 오랜만에 전화를 걸어. 자주 좀 하지. 밥은 잘 챙겨 먹고 다니니. 잠자리가 편해야 일이 잘 풀릴 텐데. 참, 일은 적응할 만하고? 엄마는 밀린 질문들을 단숨에 쏟아냈다. 설움을 토해내려던 나는 너무 잘 지내고 있어서 탈이라는 말을 전하고 전화를 끊었다. 수화기 너머로 고민을 털어놓는 순간 그 고민은 더 이상 나만의 것이 아니었다. 엄마는 일을 하면서도, 밥을 먹으면서도 문득 문득 나의 힘든 삶을 생각할 테고 멀리 있는 자신이 아무런 도움이 될 수 없다고 생각해 눈물을 흘릴지도 모른다. 나이가 들수록 엄마에게 할 수 없는 말이 하나둘 늘어간다. 그 사실이 슬프다는 생각이 든다. 어렸을 때는 유치원에서 난 조그만 상처도 아무 거리낌 없이 말하고 엄마의 걱정 섞인 말들로 위로를 받곤 했다. 이제는 그보다 몇백 배는 아픈 상처를 두고도 행여 엄마가 마음을 쓰진 않을까 싶어 꽁꽁 싸매고 보여줄 수가 없다.

구름 사이로 빛이 드는가 싶더니 어릴 적 엄마가 불러주던 자장가 같은 달콤한 파도 소리가 귓가에 울려 퍼졌다. 걱정이 서린 엄마의 목소리가 생각나 덜컥 눈물이 났다. 나는 엄마와 같은 방식으로 바다와 대화를 이어갔다. 고민 끝에 내가 뱉은 숨을 파도가 거두어가면 나는 그 자리에 남은 위로를 집어삼켰다. 한참을 그 자리에 앉아 바다의 위로를 들었다. 괜찮아, 넌 충분히 잘 하고 있어. 그렇게 몇 번의 파도에 몇 번의 위로를 더 건네 받았다.

엄마가 매번 어떤 마음으로 바다를 찾았는지 조금은 알 것 같았다. 삶이 아무리 고단하고 지쳐도 이미 자신의 걱정을 한가득 달고 사는 부모님이나 아무것도 모르는 자식에게 털어놓을 수 없었을 것이다. 그렇다고 해서 치열한 현재를 살아가며 이 모든 감정을 혼자 삭이기에 현실은 너무 빠듯하게 느껴졌을 테다. 그때마다 엄마는 아무런 방해를 받지 않고 자신을 면밀히 들여다볼 수 있는 바다를 택했다. 거친 파도 사이로 괜찮다는 토닥임의 손길이 불쑥 모습을 드러내면 엄마는 속으로 조용히 눈물을 흘렸다.

막연한 불안이 가져다준 고민을 울런공 바다에 내려놓고 바다가 놓고 간 위로만 건져 울런공역으로 향했다. 플랫폼에서 기차를 기다려 시티로 돌아오는 두 시간 남짓한 시간 동안 울런공이 건넸던 위로의 말들을 곱씹으며 마음의 정리를 끝냈다. 엄마가 구태여 현실과 멀리 떨어진 강릉을 택한 이유를 이제야 알게 됐다. 엄마를 지키느라 지친 내가 버스에서 쓰러져 잠이 든 시간에도 엄마는 현실로 돌아가기 위해 마음을 정리하고 있었다. 더는 같은 이유로 흔들리지 않으려고 바다가 들려준 위로의 목소리를 되새기며 마음을 다잡았을 것이다.

한국에 돌아와서도 이따금 길을 잃을 때마다 바다의 위로를 떠올렸다. 그리고 항상 끝없이 이어지는 고민이 생길 때면 쉼표를 찍을 바다 여행을 떠났다. 바다를 찾을 때마다 하는 다짐이 있다. 나도 아이가 생긴다면 한철 끓어올랐다 이내 식어버리는 걱정과 고민이라는 감정에 바다의 위로를 들려주는 법을 꼭 알려줘야겠다고.

바다를 찾을 때 마다 하는 다짐이 있다.
나도 아이가 생긴다면 한철 끓어올랐다 이내 식어버리는 걱정과
고민이라는 감정에 바다의 위로를 들려주는 법을 꼭 알려줘야겠다고.

유일한
도피처

아침이면 지하철이 집에서 회사로 사람들을 실어나르고, 그들은 아무런 저항도 할 수 없는 버려진 짐짝처럼 그 안에 조용히 몸을 맡긴다. 매번 도착역에서 가장 빨리 내릴 수 있는 플랫폼을 골라 전철에 오르고 늘 같은 번호를 가진 버스로 갈아탄다. 하차벨을 누르기 좋은 네 번째 창가에 자리를 잡으면 같은 시간에 출근길에 오르는 낯익은 이의 뒤통수가 눈에 들어온다. 같은 쪽 엘리베이터를 타고 잠금장치가 없는 오른쪽 출입문을 열어 사무실 안으로 들어서는 일로 출근을 마친다.

사무실에 들어서면 언제나 군기가 바짝 든 책상이 각을 잡고 나를 반긴다. 조금이라도 긴장을 늦추는 날에는 바짝 날이 선 책상에 베어 몸도 마음도 상처를 입는다. 일주일 혹은 그 이상을 나보다 앞서 살아가는 일정표가 책상에 앉기 무섭게 오늘의 일과를 차례로 읊는다. 1번부터 8번. 오전을 달려 점심을 뛰어넘고 어느새 오후를 맞이한다. 하루는 24시간뿐이고 고작 8시간 안에 8번 업무까지 처리해야 한다는 사실에 억울한 마음이 든다. 빡빡한 일정에 치여 입에서 작은 한숨이라도 새어 나오는 날에는 이대로 살지 않으면 뒤처지는 거 몰라? 라는 말로 채찍질을 일삼는다.

시도 때도 없이 1번과 8번 사이 어딘가를 비집고 들어와 기어이 8번을 10번으로 미루게 만드는 상사. 또 10번이 가져다줄 수익 계산을 마치고 결과물을 독촉하는 빚쟁이 갑에게 치여 하루가 너덜너덜해진다. 그들과 술자리라도 갖는 날이면 나는 미술학도가 되어 보이지 않는 5년 후를 그리고, 점성술사가 되어 한 치 앞도 모르는 10년 후를 예측해야 한다. 어린 소녀에게 막연한 꿈을 묻던 어른들은 이제 매달, 매 순간 구체적인 계획과 그 뒤에 반드시 따라와야 하는 성과에 관해 묻기 바쁘다. 이 길 끝이 '엄청난 성과'라는 한길로 귀결된다는 결론을 짓지 않고 살고 싶다는 생각도 잠시, 다시 그들의 틀에 맞는 사람이 되기 위해 사회가 만들어 놓은 정형화된 그릇에 발을 담근다.

*

마음에도 바이오리듬이 있다. 마음에는 각기 다른 감정 채널이 저마다의 주기를 가지고 서로 뒤엉켜 살아간다. 어느 날은 이쪽 감정 채널이 유독 존재감을 드러내는가 싶더니 다음 날에는 저쪽 감정 채널이 불쑥 모습을 내민다. 마음이라는 방에 뒤엉켜 불규칙한 것처럼 보이는 각각의 감정 채널은 알고 보면 일정한 주기를 가지고 찾아올 때가 많다. 긍정적인 감정 채널 덕에 스스로를 채찍질하며 악착같이 버티고 있다가도 아주 작은 일렁임에 와르르, 하고 무너져 내린다. 부정적인 감정 채널이 오랜 겨울잠에서 깨어나기 시작하면 한없이 단단하게 느껴지던 마음이 낯선 이방인처럼 두려워진다. 이런 시간이 찾아오면 이유를 알 수 없는 슬픔에 사로잡혀 며칠을 고정된 하나의 감정 채널로 살아간다. 번아웃과 함께 찾아오는 슬럼프다.

이럴 때는 매일 밤 침대에 몸의 피로를 뉘듯 마음에도 푹신한 침대가 필요함을 느낀다. 사람마다 마음의 병을 쏟아내는 방법이 모두 달라서 마음을 위한 침대의 모양도 저마다 다 다르다. 누군가는 사람들과 수다를 떨면서 마음의 병을 덜어내지만 누군가는 운동으로, 누군가는 노래를 부르며 마음의 병을 떠나보낸다. 나라는 사람은 이불을 싸매고 누워 혼자만의 동굴로 들어가는 타입이다. 미래를 따져 묻는 사람들 틈에서 벗어나 현재의 나를 마주하고, 때때로 엄마를 기다리며 혼자 앓던 어린아이가 되어 과거의 순간들을 곱씹는다. 그렇게 스스로의 슬픔과 마주하고 나면 다시 몇 주를 침대 없이 살아갈 힘을 얻는다.

그럴 때마다 엄마는 동굴 밖에 서서 안쓰러운 표정으로 나를 부른다.

"치킨 사갈까?"

아니, 라는 퉁명스러운 대답에도 치킨은 엄마 손을 잡고 현관을 넘고 이따금 치킨이 찐빵이나 바나나 다발이 돼 우리 집을 제 발로 찾아온다. 동굴 밖에 서서 무작정 문을 열려고 하는 엄마와 동굴 문을 쥐고 놓지 않는 딸. 엄마가 동굴 안으로 들어오지 못하게 하려면 하릴없이 동굴 밖으로 나가 언제 슬펐냐는 듯 다시 긍정적인 감정 채널로 세상을 마주해야 한다.

나는 슬픔이나 아픔 따위의 감정을 내어 보이는 일에 익숙하지 않다. 어려서부터 내 안에 스며든 감정은 스스로 치유하는 습관이 있었고, 치유가 불가능한 감정이 속에서 곪을 대로 곪아 병이 들고 나서야 울음을 터트리는 일로 주변 사람에게 아픔을 알렸다. 엄마는 그때마다 안쓰러운 표정으로 내 등을 가만가만 쓸어내렸다.

"집에서는 참지 않아도 돼."

엄마가 그런 말을 할 때마다 청개구리가 되어 아무렇지 않은 듯 털고 일어난다. 동굴 밖으로 나온 나는 꾸역꾸역 엄마가 차려준 밥을 먹는다. 언제부턴가 엄마에게 위로를 받는 일이 낯설게 느껴졌다. 마음은 여전히 슬픔에 젖어 동굴 안 어딘가에 웅크리고 앉아있으면서도 동굴 밖에 서있는 분신은 눈물 한 방울 흘리지 않고 꿋꿋하게 버틴다. 어린 나는 엄마를 보며 어른의 삶을 배웠다. 자신의 자리를 지키기 위해서라면 아무리 버거운 슬픔과 아픔이라도 스스로 털어낼 줄 알아야 한다고. 가족에게만큼은 티를 내지 않는 단단한 사람이 되어야 한다고 말이다.

*

감정 채널이 다시 한 바퀴를 돌아 부정적인 기류에 휩쓸린 날, 퇴근길 내내 아무런 생각이 들지 않았다. 그저 이 시간이 지나가 또 아무렇지 않게 살아지길 바랐다. 그러다 문득 스친 엄마 얼굴이 집 앞에 다다를 때까지 사라지지 않았다. 시장길을 따라 걸으면서 치킨집 앞에 서서 엄마를 생각했고, 찐빵집을 지나다 엄마의 웃음이 생각났다. 집 앞 과일 가게 앞에 서서는 한참 걸음을 망설였다.

다시 걸음을 돌려 치킨을 사 들고 오는 길, 치킨을 먹으며 좋아할 엄마의 얼굴이 떠올랐다. 오는 길에 찐빵을 사고 마지막으로 바나나 한 다발을 사 집으로 향했다. 엄마는 무슨 날이냐며 물었지만 나는 생각이 나서, 라는 짧은 대답을 하고 식탁에 앉았다. 치킨을 먹던 손으로 찐빵을 집어드는 엄마와 오랜만에 시시콜콜한 이야기를 나누는 일로 하루를 마무리했다. 퇴근할 때마다 손에 음식 봉다리를 들고 오던 엄마의 마음을 어렴풋이나마 알 것 같았다. 일에 지쳐 마음이 너덜너덜해진 날 우리는 종종 가족의 행복한 얼굴에서, 그들과 나누는 일상적인 대화 안에서 위안을 얻는다.

그 후로 나는 며칠 동안 몇 번이나 퇴근길 산타를 자처했고, 엄마의 행복한 모습과 우리의 대화에서 위로를 얻었다. 요즘은 부정적인 생각이 들 때마다 미래를 이야기하는 사람들 틈에서 나와 조용히 엄마 품으로 가는 상상을 한다. 아주 어릴 때처럼 엄마 배를 베고 누워 시답잖은 이야기를 나누는 일. 사진 앨범을 꺼내지 않아도 어느새 우리가 공유할 수 있는 시간이 머릿속에 그려진다. 너는 앞으로 뭘 해야 한다, 기대에 가득 차 희망을 가장한 내일을 선고하는 일보다 우리 그때 좋았었지, 라며 과거의 추억을 나눌 수 있는 사이. 엄마라는 존재는 눈물을 흘리지 않고도 울음이 가득한 슬럼프를 이겨낼 수 있는 나만의 유일한 도피처다.

부정적인 생각이 들 때마다
미래를 이야기하는 사람들 틈에서 나와
조용히 엄마 품으로 가는 상상을 한다.

유일한 도피처

어른의 슬픔에
관하여

엄마에게 전화가 걸려온 건 오후 여섯 시쯤이었다. 군기가 바짝 든 신입이었던 나는 진동이 울리지 않게 조용히 전화를 돌렸다. 분침이 다시 한 바퀴를 돌아 원점으로 올 때까지 엄마는 다섯 번이 넘는 부재중 전화를 남겼다. 왜. 골을 부리듯 퉁명스럽게 메시지를 보내자 다시 전화가 울렸다. 엄마가 울고 있었다.

복분자 봉지를 든 엄마의 반대편 손을 잡고 장례식장을 찾았다. 네 엄마가 생전에 복분자를 좋아했어. 봉지를 건네는 엄마의 손을 따라 내 시선도 소꿉친구였던 상주의 까칠한 얼굴로 옮겨갔다. 엄마는 아무것도 따져 묻지 않았다. 멍하니 영정 사진을 바라볼 뿐이었다. 엄마도 나도 울지 않겠노라 다짐한 사람처럼 아랫입술을 지그시 깨물었다. 엄마와 나는 왜, 라는 물음이 얼마나 잔인한지 알고 있었다. 저마다의 기준으로 무리 지어 앉은 이들은 '자살'과 '부검'을 놓고 논쟁을 벌이기 바빴다. 오가는 술잔 사이로 스며드는 사람들의 말을 상주 혼자 고스란히 받아 들고 있었다. 그의 어깨 위로 주렁주렁 달린 슬픔이 애써 자신의 정체를 드러내지 않으려 했다.

*

엄마와 내가 함께 맞은 첫 번째 죽음은 오랜 투병 끝에 돌아가신 외할머니의 죽음이었다. 초등학생이었던 나는 죽음이라는 단어를 헤아리기 어려웠다. 이유를 알 수 없는 막연한 감정들이 따라붙었지만 그저 학교에 가지 않아도 된다는 사실이 반가웠다. 나는 고스톱을 치는 어른들 사이에 앉아 개평을 얻거나 여느 때와 같이 구석에 자리를 깔고 소설책을 읽었다. 죽음은 조금도 특별하지 않았다. 누군가의 세상은 오늘로 막을 내렸는데 우리의 세상은 여전히 흘러가고 있었다. 고스톱을 치는 어른들은 '저세상'이라는 단어를 자주 사용했다. 그러니까 외할머니와 우리는 다른 공간에 존재할 뿐 지금도 세상이라는 범주 안에 함께 살고 있다는 의미였다. 어른들이 말하는 저세상은 우리는 갈 수 없지만 우리를 볼 순 있는 곳 정도일까. 거기까지 생각이 미치니 나로서는 슬퍼할 이유가 하나도 없었다.

엄마도 슬퍼할 이유를 찾지 못한 듯 보였다. 엄마는 오래전 연락이 끊긴 외삼촌 대신 상주가 됐다. 얼마 지나지 않아 외삼촌의 아들이 왔지만 엄마는 여전히 자리를 지켰다. 검은 상복을 입었다는 사실만 빼면 평소와 다를 바 없이 사람들을 맞고 특별하지 않은 대화를 이어갔다. 대화 중간중간 사람들에게 미소를 지어 보이는 일도 잊지 않았다.

부산에 살던 이모는 퉁퉁 부은 눈을 하고 밤이 되어서야 나타났다. 얼마나 울었는지 코가 꽉 막혀 숨을 가쁘게 몰아쉬었다. 엄마는 그런 이모를 한 번 안아주더니 등을 가만가만 쓸어내렸다. 엄마 품에 안긴 이모는 정신을 놓은 사람처럼 울더니 어느새 잠이 들어버렸다. 엄마는 어린아이 같은 이모를 안고 어른의 표정을 지어 보였다. 발인을 마칠 때까지 엄마와 이모의 역할은 바뀌지 않았다. 엄마는 내내 슬픔을 모르는 사람처럼 굴었다.

어른의 표정 뒤에 숨겨진 슬픔을 알게 된 날은 그로부터 8년이 지난 어느 가을이었다. 전주로 하계 답사를 가던 버스에서 전화 한 통을 받았다. 외할아버지의 비보였다. 얼마간 믿기지 않는 얼굴로 창밖을 바라보던 나는 어느 순간 가슴이 쿵 하고 내려 앉아버렸다. 이틀 전 받지 못한 외할아버지의 전화를 시작으로 수많은 기억이 순식간에 스쳐 갔다. 버스가 목적지에 도착할 때까지 목 끝까지 차오른 울음을 겨우 억눌러 놓았다. 이 버스에만 사십 명 가까이 되는 사람이 있었고 나는 마음 놓고 울 수가 없었다. 몇몇이 안색이 좋지 않다며 말을 걸어왔지만 8년 전 엄마처럼 괜찮다며 웃음을 지어 보였다.

버스에서 내려 서울로 가야 한다고 말하는 순간에도 온통 내 머릿속엔 울음을 참아야 한다는 생각뿐이었다. 답사 분위기를 망칠 수 없었고 무엇보다 내 위태로움을 들키고 싶지 않았다. 어쩌면 좋니. 좋은 곳에 가셨을 거야. 어른이 된 내게는 아무도 저세상에 대해 말해주는 이가 없었다. 스무 살의 나는 이미 저세상의 존재를 알고 있었다. 우리도 갈 수 없고 우리를 볼 수도 없는 곳. 외할아버지의 죽음을 말하는 목소리는 균형을 잃고 흔들리기 시작했고 오한이 온 사람처럼 온몸이 바들바들 떨렸다. 그 많은 사람 앞에서 감정이 와르르 무너져내렸다.

엄마는 8년 전 이모의 모습을 하고 나타난 나를 아무 말 없이 안아주었다. 엄마의 역할은 8년 전이나 지금이나 변함이 없었다. 힘들어하는 사람들의 등을 가만가만 쓸어 내려주고 따뜻한 품을 내주었다. 엄마는 8년 전과 같은 장소, 같은 자리에 서서 사람들을 맞고 음식을 나르고 치우길 반복했으며, 위로를 건네는 이들과 웃음을 나누는 일도 잊지 않았다. 장례를 마칠 때까지 퉁퉁 부은 눈으로 일관했던 이모와 나는 화장터로 들어간 관을 보고 다시 어린아이처럼 펑펑 울었다. 이제 우리는 외할아버지에게로 갈 수 없고 외할아버지도 우리를 볼 수 없다. 엄마는 그때까지 단 한 번도 울지 않았다. 한 손으로는 이모의 어깨를 감싸고 나머지 한 손으로 내 손을 꼭 붙잡고 올곧은 자세로 서 있었다. 아주 단단한 바위 같았다.

집으로 돌아오던 길에 엄마에게 물었다. 엄마는 슬프지 않아? 당연히 슬프지. 엄마는 사람들에게 지어 보인 똑같은 미소를 보이며 말을 이어갔다. 어른이 되면 슬플 때마다 울 수가 없어. 가끔은 요동치는 마음을 붙잡아두고 이를 악물고 웃어야 하는 날도 있지. 너도 조금 더 크면 슬픔을 참아내는 법을 알게 될 거야.

외할아버지 집에 들러 유품을 정리하던 엄마는 피곤한 듯 외할아버지 침대에 누워 잠이 들었다. 어린아이처럼 옆으로 구부정하게 누운 엄마는 아주 천천히 베갯잇을 적셨다. 코를 훌쩍이는가 싶더니 인기척을 느낀 엄마가 벽을 향해 돌아누웠다. 엄마는 홀로 참아온 슬픔을 토해내고 있었다. 나는 이불을 끌어다 덮어주고는 방문을 닫고 나왔다.

✳

이내 칼날같이 날카로운 말들이 상주의 가슴을 찔렀다. 사람들은 술자리 안줏거리를 대하듯 사건을 놓고 팽팽한 논쟁을 벌였다. 자살과 타살. 그리고 상황에 대한 상세한 묘사가 이어졌다. 수많은 추측이 오갔고 그랬을 것이다, 라는 말이 어느새 사실이 되어가는 데도 상주는 아무런 대꾸를 하지 않았다. 귀를 닫고 입을 봉한 사람처럼 애써 미소만 지어 보였다. 엄마와 나는 상주 옆에 앉아 조용히 눈물을 흘렸다. 슬픔은 남은 사람들의 몫이었지만 누구에게나, 언제나 슬플 자유가 주어지진 않았다. 상주는 자리에서 일어나 한참 뒤에 휴지와 음료수를 들고 나타났다.

침묵으로 위로를 건네는 우리에게 상주가 안부를 물어왔다. 우리는 화제를 돌리기 위해 어린 시절을 꺼내 들었다. 상을 치르기 위해 이를 악물었던 소꿉친구는 같이 고무통을 타고 놀다 엄마에게 혼난 일을 얘기하며 7살짜리 아이처럼 엉엉 소리 내 울었다. 고인의 죽음 앞에 자살이니 타살이니 하는 진실 공방을 두고 벌이는 논쟁은 전부 감내했으면서 엄마와 함께했던 추억 한 장면에 나약한 어린아이가 되어버렸다. 엄마는 상주의 어깨를 두어 번 쓸어내리더니 오래 침묵을 지켜왔던 입을 뗐다.

"앞으로 더 많은 슬픔이 찾아올 거야. 살면서 문득문득 생각나면 깊게 생각하면 되고 그러다 슬퍼지면 울어도 된다. 다만 사람들이 말하는 슬픔에 휘둘리지 않아야 해. 또 네 슬픔이 지속될 필요는 없다는 사실을 기억해야 한다. 슬픔은 오래 담아둘수록 깊어져서 가끔은 삶을 힘들게 할 거야. 어른이 된다는 건 스스로 슬픔을 다스리는 방법을 찾아야 한다는 말과 같아. 얘랑 달리 너는 어른이 다 되어서 다행이구나.”

　살면서 무수히 많은 슬픔 앞에 놓였던 엄마는 남들에게 눈물을 보이지 않고 스스로를 다독이는 방법을 알고 있었다. 그제야 엄마가 어떤 마음으로 두 번의 장례를 치렀는지 알 것 같았다. 어른의 슬픔이라는 건 슬퍼도 울 수 없다는 말이 아니다. 그 슬픔을 잘 간직하고 있다가 울어도 되는 때에 천천히 자신의 감정을 돌본다는 의미다.

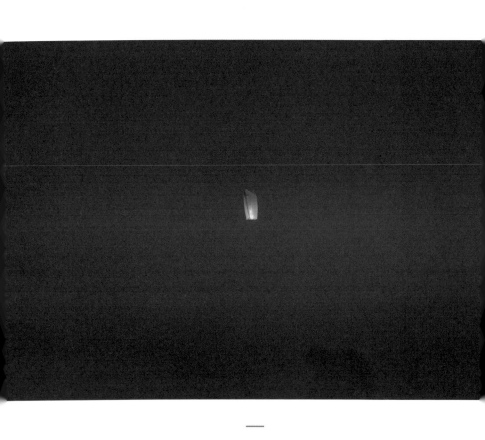

—

"어른이 되면 슬플 때마다 울 수가 없어.
가끔은 요동치는 마음을 붙잡아두고 이를 악물고 웃어야 하는 날도 있지.
너도 조금 더 크면 슬픔을 참아내는 법을 알게 될 거야."

결혼의
무게 I

첫 잔이 오고 간 자리에 침묵이 스민다. 생각이 많은 술자리에는 숨과 숨 사이, 말과 말 사이에 공백이 똬리를 틀기 마련이다. 결이 고르지 않은 테이블과 유리로 된 술잔 밑바닥이 몇 번 둔탁한 불협화음을 내면 어느새 침묵이 내준 빈자리를 삶의 숱한 고민이 메운다. 술을 따를 때마다 고민은 술술 쏟아져 내리고 짠, 하는 소리와 함께 건너편에 앉은 누군가에게 고민을 미루기도 한다. 이에 질세라 상대방도 목청을 높여 자신의 삶을 왈칵 쏟아낸다. 비로소 마지막 잔 앞에 선 우리는 이 잔을 끝으로 술도 고민도 모두 비워내기로 한다. 그렇게 한 번, 두 번 그리고 몇 번이나 같은 고민을 술과 함께 비워내고 나면 삶은 또 어떤 주기를 지나 새로운 국면을 맞는다. 현재가 과거가 되고 미래가 현재가 되면 언제나처럼 우리는 이전과는 다른 고민에 술잔을 기울인다.

지금보다 어렸을 때는 어디서 어떻게 만난 사람인지에 따라 술자리에서 나누는 대화가 달랐다. 저마다의 고민을 하고 저마다 다른 삶을 사는 우리가 하나로 이어지는 공통분모. 그 모양에 따라 각기 다른 주제로 떠들었다. 고등학교를 갓 졸업한 스무 살의 나는 대학교 강의가 끝나면 술자리를 갖는 일로 새로운 관계 형성에 집착했다. 누군가가 가진 관심사를 묻고 공통점을 찾아 공감을 표하는 일로 어떤 무리 안에 속하려고 부단히 노력했다. 이따금 그들에게 내가 가진 것을 털어놓으며 보이지 않는 연결고리를 찾기도 했다. 어쩌다 고등학교 친구들을 만나면 이제 야간 자율 학습을 할 수 없는 나이가 되었다는 사실에, 이제 막 어른이라는 꼬리표를 달았지만 우리의 마음은 아직 그 시절에 머물러 있다는 신세 한탄까지 더해 겹겹이 고민탑을 쌓아 올렸다.

대학 생활이 익숙해지고 모든 상황이 안정기에 접어들 무렵 우리는 다시 취업이라는 산 앞에 섰다. 술잔이 스치는 자리마다 자연스레 취준생의 고민이 스몄다. 누군가는 여름 방학부터 방송 PD를 준비했으며, 다른 누군가는 대학 강사가 되기 위해 대학원을 택했고, 또 다른 누군가는 임용고시를 준비한다는 소식이 심심치 않게 들려왔다. 조바심은 누구에게나 공평했지만 산은 누구에게나 높지 않았다. 친구 중 한 명이 면접이나 시험에 낙방했다는 소식이 들려오면 우리는 어김없이 술집에 모였다. 취업에 실패한 누군가는 울고 취업에 성공한 누군가는 눈치를 보는 이상한 술자리가 이어졌다. 그제야 우리는 서로를 향해 턱 밑까지 차오른 벽을 느꼈다. 그럴 때마다 과거를 꺼내 연결고리를 찾아냈지만 보이지 않는 벽에 부딪혀 금세 현실로 돌아와야 했다. 서로의 얼굴을 들여다보며 각자의 이야기

116

를 들어줄 수는 있지만 더는 손을 잡고 공감을 표하기 어려운 사이. 딱 그만큼의 거리감을 두고 서로를 대했다.

　시간이 흘러 서른을 목전에 둔 회사원은 취업 그 이상의 삶을 꿈꾸고 차곡차곡 실현해나가야 하는, 그래야 한다는 나이가 됐다. 매년 나이테가 하나씩 늘어갈수록 이와 비례해 고민의 무게도 한결 무거워짐을 느낀다. 서로의 자리에 앉아 각자의 이야기를 하다가도 결론은 비슷한 길로 들어서곤 한다. 남자들은 가정을 책임지기 위해 돈을 모으고, 연봉이 높으면서 정년이 보장되는 안정적인 직장을 갈구한다. 여자들은 일과 가정 사이 균형을 유지할 수 있는 직장이라면 크게 조건을 재지 않고 선택하겠노라 입을 모아 말한다. 최근 많은 이가 좋은 직장의 기준으로 일과 삶의 균형을 꼽으며, 이를 '워라밸(Work and Life Balance)'이라는 신조어로 부른다. 30대를 앞둔 우리에게 '일'과 균형을 맞춰야 할 '삶'은 안정적인 가정을 위한 그 '무엇'이 됐다.

＊

　어렸을 때부터 나는 늘 동네 아이들을 데리고 엄마 노릇을 했다. 한 달치 용돈을 미리 받는 날이면 동네 아이들에게 과자를 한 아름 사주고 한 달을 배고프게 지내는 일이 다반사였으며, 소꿉놀이를 하면 늘 엄마 역할을 도맡아 했다. 스무 살이 되고 나서는 어른이 되었으니 얼른 결혼해서 행복하게 살 거야, 라는 말을 심심치 않게 했으며 막연히 엄마라는 삶을 동경하기도 했다. 이른 결혼을 꿈꾸던 친구들과 공통분모가 맞아떨어지면 종종 가정이라는 새로운 세상에 대해 상상해보는 일로 술자리 안주를 대신

했다. 엄마는 그럴 때마다 헛웃음을 치며 꼭 너 같은 딸 낳아봐, 라는 우스갯소리를 했다. 사람들은 막연한 세상을 이야기할 때 큰 의미를 두지 않는다. 스무 살까지만 해도 우리에게 결혼은 그리 무거운 존재가 아니었다. 결혼은 그저 오가는 술 한 잔에 가벼이 비워내는 농담 같은 의미였다.

"취집이나 할까."

불과 2-3년 전. 친구들과 모이면 높은 취업 문을 앞에 두고 결혼에 대해 말하곤 했다. 취업보다 취집이 훨씬 쉽지 않을까. 갈 길이 정해진 친구는 난색을 보였지만 같이 나아갈 길을 방황하는 친구는 침묵으로 공감을 나눴다. 그때 우리 중 누군가에게 취업의 무게는 결혼의 무게보다 무거웠다. 남편과 보내는 신혼 생활, 아이와 보내는 행복한 시간을 꿈꿔서라기보다 그저 결혼을 우리 앞에 닥친 고난을 피하기 위한 도피처처럼 생각했다.

"이상한 소리를 해!"

엄마는 예전과 달리 버럭 화를 냈다. 젊은 애가, 라는 말부터 시작해서 앞길이 구만리 같다는 레퍼토리를 거쳐 결혼은 천천히 할수록 좋아, 라는 결론에 도달하는 잔소리였다. 일이든 여행이든 하고 싶은 건 다 해보고 결혼하라는 말을 몇 번이고 강조하기도 했다. 엄마가 굳이 결혼에 대한 입장을 명명백백 밝히지 않아도 알 수 있다. 엄마는 내가 대학을 졸업하는 순간부터 이미 결혼에 대해 전혀 다른 무게감을 느끼고 있었다.

올해 나는 엄마가 결혼한 나이가 됐다. 행복하게 살고 싶어, 라는 말을 엄마가 되고 싶어, 라는 말로 대신하며 결혼을 꿈꾸던 스무 살의 나는 온데간데없고 결혼이라는 울타리를 생각할 때마다 종종 마음이 무거워지는 서른을 앞둔 내가 있다. 스스로를 건사하기도 벅찬 하루하루를 사는 내가 남편을 만나 결혼을 하고 누군가를 책임지는 삶을 살 수 있을까, 하는 막연한 두려움이 몰려올 때가 있다. 꿈이 코앞까지 닿은 것 같다가 다시 저만치 멀어지기라도 하면 결혼이 꿈과 이어지는 길을 막아서진 않을까 두려워하기도 한다. 때때로 내 삶과 가정을 평평한 저울에 나란히 올려두었을 때 가정의 무게가 너무 무거워 내 삶이 저 높이 사라져버리진 않을까 걱정하기도 한다.

"엄마, 결혼할 때 두렵지 않았어?"

"두려워?"

"내 삶보다 중요해야만 하는 무언가가 생기는 거잖아. 가정도 그렇고. 아이도 그렇고."

"두려워할 필요는 없어. 오늘 당장 결혼을 한다고 누가 방망이 들고 쫓아 오면서 넌 이제부터 네 삶을 버리는 거야, 요이 땅! 하지는 않아. 사람들과 축하 파티를 열고 서류에 도장을 찍고 나면 다시 어제랑 똑같은 네 삶으로 돌아가는 것뿐이지, 결혼을 한다고 해도 삶은 여전히 네 것이야."

"엄마는 그러지 않았잖아."

"엄마라고 뭐 처음부터 이랬겠니."

엄마는 28살에 결혼해 같은 해 겨울, 엄마가 되었다. 처음에는 평평한 저울 양쪽에 자신의 삶과 가정을 각각 올려놓고 자신을 잃지 않으려 아등바등 살았지만 술잔을 비우듯 한 해, 두 해 그리고 몇 해를 살아가는 동안 엄마는 이전의 삶을 비워내고 새로운 세상을 맞았다. 오늘이 어제가 되고 내일이 오늘이 되는 숱한 시간 속에서 엄마는 가정이 중요해지고, 가족이 중요해져 자신을 저 높이 미뤄뒀다. 그 시간 안에서 살아온 최대 수혜자인 나는 엄마를 존경하고 감사하지만 아무리 생각해도 엄마처럼 살아낼 자신은 없다. 나에게 여전히 결혼의 무게가 무거운 이유다.

이제 더 이상 내 결혼을 무거워하지 않는 엄마에게, 엄마의 희생을 고스란히 물려받을 자신이 없어 문득 결혼의 무게가 무겁게 느껴진다는 말을 차마 입 밖으로 꺼내 놓지 못했다. 내가 스스로 어른이 되었다고 느꼈을 때, 옳고 그름을 판단하는 기준은 엄마에게 말할 수 있는 일인가였다. 그 기준이 의미가 없어진 건 가장 가깝고 소중한 존재라서 하지 못하는 말이 늘어갔기 때문이다. 어른이 된다는 건 어쩌면 엄마에게 하지 못하는 말이 많아진다는 의미가 아닐까.

"결혼을 한다고 해도 삶은 여전히 네 것이야."
"엄마는 그러지 않았잖아."
"엄마라고 뭐 처음부터 이랬겠니."

결혼의
무게 II

처음부터 곧은 팔과 다리를 갖고 태어난 너는, 평생을 알 속에 웅크리고 있다 마침내 알을 깨고 세상으로 나온 나를 한참 들여다본다. 지나간 생 동안 온몸을 알맞게 감싸주던 알을 깨부순 나는 벌거벗겨진 사람처럼 새로운 세상 앞에 걸음을 망설인다. 그러다가도 행여 나 스스로 알에 다시 돌아갈까 두려워 반으로 쪼개진 알을 산산이 쪼아, 꿀떡 삼켜버린다. 과도기를 사는 모든 존재는 변덕스럽고 불안하며, 불완전하다 여겨진다. 남들이 손가락질하는 변덕과 불안을 가만 지켜보던 너는 남자는 마땅히 그래야 한다는 표정으로 나를 감싸 안아 체온을 나눈다. 커다란 세상 앞에 너는 항상 강해야 하고 그런 네 앞에 선 나는 늘 보호받아야 할 존재처럼 여겨지며, 인지하지 못하는 새에 나 또한 그렇게 행동한다.

너는 모른다. 불완전하다는 편견에 갇힌 존재가 완전한 무엇처럼 보이기 위해 얼마나 자주 벽과 마주해야 하며, 얼마나 많은 인내심을 필요로 하는지. 나는 싱그러운 나이에 이력서를 꽉 채울 수많은 스펙을 가지고도 적은 연봉에 만족할 수밖에 없다. 왜라는 물음에는 언제나 여자니까, 라는 태생적 문제가 답안지로 딸려온다. 너도 군대를 다녀와라, 라는 상사의 비수는 그대로 심장에 박혀 할 말을 잃게 했다. 너와 비슷한 나이를 가진, 군대를 제대하고 이제 막 졸업해 사회초년생을 겪는 남자들과 비슷한 연봉을 받으려면 나는 곧은 팔과 다리를 가졌다는 사실을 증명하기 위해 더 악착같이 살아야 했다. 그때도 몇 번 산을 넘으면 해결될 문제라고 생각했다. 그렇게 몇 년. 어렵다는 프로젝트를 따내 밤을 지새워가며 일하고, 무거운 물건도 서슴없이 들던 내게 남은 평가는 독하다는 말이 전부다. 나는 고작 너와 같은 평가를 받고 싶었을 뿐이다.

벌써 스물 여덟이다. 지금까지처럼 독하게 꿈을 향해 가다보면 나는 너와 결혼을 하고, 엄마가 되고, 서서히 꿈을 잃고, 마지막으로 나를 잃을 것이다. 너는 말한다. 회사 입장에서는 조금 더 오래 함께할 수 있는 사람에게 높은 연봉을 주는 게 당연하지 않냐고. 대수롭지 않은 너의 태도에 나는 또 왈칵 설움이 몰려온다.

"남자는 평생 쉬지도 못하고 일하잖아."

나는 네 말을 어떻게 받아들여야 할까. 여자는 언제쯤 삶을 조금 쉬어갈 수 있길래 남자는 평생 쉬지도 못한다고 말하는 걸까. 자라면서 한순간도 엄마가 쉬고 있다는 생각을 해본 일이 없다. 그러면 우리 엄마는 남자인가, 하고 따져 물을까 하다가도 여자와 남자를 매번 심판대 위에 올려놓아야 직성이 풀리냐는 네 핀잔이 두려워 입을 다문다. 그러고는 상처받은 마음을 스스로 쓸어내리며 우리가 자라온 환경이 다르니까, 라는 말로 위안을 삼는다.

결혼한 남자가 갖는 책임감의 무게를 폄하하려는 게 아니다. 너의 어깨 위에 올려질 무거운 짐의 무게를 잘 안다. 다만 아이가 생기고 내가 다시 일을 할 수 있을 때까지 우리는 서로 다른 종류의 짐을 어깨에 짊어지고 있을 뿐이다. 가정을 이룰 우리는 모양이 다른 짐을 공평하게 나눠서 지게 될 테고, 물리적 문제에 휩쓸리지 않는 이상 서로의 짐이 버거워질 때마다 언제든 짐을 바꿔 들면 된다.

＊

"너는 페미니스트야?"

잠시 어릴 적 읽은 〈화성에서 온 남자 금성에서 온 여자〉라는 책을 떠올린다. 우리는 너무도 다른 세상에 살고 있지 않은가, 하는 생각이 스친다. 오랜 시간 웅크려 지낸 탓에 그대로 굳어버린 내 팔과 다리를 펴는 일을 두고, 너는 태어날 때부터 그랬던 몸을 왜 바꾸려 드느냐 말한다. 너는 알까. 실은 나도 너와 같은 곧은 팔과 다리를 가졌다. 살면서 만난 수많은 사람과 관계를 맺다 보니 여자는 웅크려 살아야 하는 줄 알았다. 학교와 사회는 줄곧 남자가 할 수 있는 일과 여자가 할 수 있는 일이 다르다고 말했다. 남녀

공학이었던 중학교 때는 기술가정 시간이면 소리가 나는 작은 새를 만드는 수업부터 바느질로 자그마한 주머니를 만드는 수업까지 남녀 편을 가르지 않고 배웠다. 남녀공학이기 때문에 그럴 수 있었다는 사실을 여고에 가서 처음 알았다. 한 학기 내내 바느질, 식품에 관한 내용으로만 수업을 들었다. 형광등을 갈아 끼우는 사소한 일조차 누군가에게 묻지 않고는 알 길이 없었다.

책에서 배운 대로라면, 엄마는 요리를 하고 바느질을 하며 집안일로 하루를 보내야 했다. 엄마는 교과서처럼 살지 않았다. 밖에서 일을 하고 밤 늦게 집으로 돌아와 '여자가 마땅히 해야 할 일'이라는 모든 일을 하고도 형광등을 갈아 끼우는 일까지 혼자서 척척 해냈다. 혼란스러웠다. 나는 어떤 사람이 되어야 하는가, 수없이 고민하며 사춘기를 보냈다. 학교와 집에서 보고 배운 각자의 역할이 너무도 달랐다. 곧은 팔과 다리를 갖고 태어나 아무런 제약 없이 자란 네게 이 모든 혼란과 혼란을 이겨내려는 과정이 수고스럽고 평범하지 않게 여겨진다는 사실을 안다. 다만 이 수고스러움을 감수해서라도 곧은 팔과 다리를 가졌다는 사실을 인정받고 싶은 내 마음을 조금은 헤아려줬으면 한다.

"모든 여자는 페미니스트야!"

네 입에서 페미니스트라는 말이 나오고 다시 내 입에서 페미니스트라는 단어를 꺼내기까지 한참이 걸렸다. 혹여 페미니스트라는 단어를 내가 오해하고 있지 않을까 며칠을 책 속에서 끙끙 앓으며 미몽을 헤매던 나는 겨우 꿈에서 나와 네게 페미니스트에 관해 묻는다.

결혼하고 명절에 시댁에 가지 않는 여자, 부모님과 가깝게 살면서 저녁 한번 같이 먹지 않는 여자를 이야기하며 너는 '드센'이라는 수식어를 붙인다. 그런 네 앞에는 시댁과 친정 모두 자주 가면 된다고 말하는 현명한 나보다, 그 정도밖에 믿음을 주지 못했냐는 설움을 먼저 토해내는 내가 있다. 오랜 시간 알 속에서 지낸 탓이다. 네가 당연하다 여기는 일을 빠짐없이 지적하면서 어느 선에서는 나조차 당연하다 여기는 혼란이 찾아온다. 어느 장단에 맞춰야 하느냐는 말에 나는 마치 네가 말한 드센 여자가 된 것처럼 고개를 숙이고 할 말을 잃는다.

'여자는'이라는 말을 할 때마다 왜 표정이 미묘하게 변하느냐는 네 말에는 잠시 혼란스러웠다. 그 혼란이 강박이 되는 데는 오랜 시간이 걸리지 않았다. 네 입에서 '여자는'이라는 단어가 나오면 이제 나는 어떤 표정을 짓고 어떤 반응을 해야 할지, 어떻게 해야 네가 미묘한 변화라고 생각하지 않을지 생각하느라 입꼬리가 파르르 떨린다. 나는 여자이기 때문에 그 말이 불편할 뿐이다. 내가 불특정 집단을 두고 '남자는'이라는 말로 성급한 일반화의 오류를 저지르지 않듯, 너도 조금은 세심하게 나를 들여다봤으면 한다.

*

이 글을 빌어 네게 한 번도 하지 않았던 말을 꺼낸다. 1997년 IMF가 폭풍처럼 지나갔고 그 중심에 있던 우리 집은 몇 년 새 폐허가 되었다. 오래 일한 직장을 잃고 미래를 꿈꿔온 직업을 포기한 아빠는 집 안에 커다란 동굴을 만들고 아무도 들어오지 못하게 문을 걸어 잠갔다. 하릴없이 엄마는 우리를 외할아버지댁에 맡기고 일을 시작했다. 엄마가 밖에서 일하는 동안 아빠가 집 안에서 벌어지는 일들을 돌봐줬으면 좋으련만, 마음이 크게 다친 아빠는 문을 두드리는 우리에게 으름장을 놓기 바빴다.

엄마는 회사원이자 엄마이자 아빠로 살았다. 그때부터 남자와 여자가 하는 일을 나눌 필요가 없다는 사실을 어렴풋이 깨달았다. 여자도 돈을 벌어 식구를 먹여 살릴 수 있고, 남자도 가사 노동을 하며 살 수 있는 자유를 가졌다고 믿었다. 학교에 가고 사회에 나오면서 오래된 관습으로부터 이따금 혼란이 찾아올 때가 많았다. 그럴 때마다 하염없이 이유를 찾아 헤맸지만 끝끝내 답을 찾지 못하는 문제도 많았다. 대부분 나 혼자 고민해서는 해결되지 않는 문제였다.

아빠는 오빠에게 숟가락을 놓는 일조차 시키지 않았다. 평생을 그렇게 살아온 아빠는, 식사를 마친 후 조금이라도 정리를 도우려는 오빠 손을 탁 치며 나를 멀뚱히 바라봤다. 내가 없는 날이면 본인이 나서 상을 치웠다. 엄마는 달랐다. 밥은 배고픈 사람이 차려 먹어야 하며, 밥을 먹은 사람이 제 밥그릇 정도는 치울 줄 알아야 한다고 가르쳤다.

혼란 속에서도 이 모든 대립을 대수롭지 않게 여겼던 나는, 허리조차 펴지 못하고 오빠가 내놓은 식기를 정리하는 친할머니를 보고 처음으로 화를 냈다.

"오빠는 손이 없어?"

남자가 부엌에 들어오면 안 된다는 친할머니의 오랜 사상보다 21세기에 청춘을 보내는 오빠가 그 사상을 아무런 이질감 없이 대한다는 사실에 놀랐다. 애꿎은 친할머니께 화살이 돌아갔음을 감지한 나는 아무런 저항도 하지 못하고 조용히 고무장갑을 꼈다. 그제야 친할머니는 웃음을 보이며 방으로 들어갔다. 오빠는 이런 혼란을 겪을 때마다 같은 표정을 지었다. 나는 어떻게 해야 할까, 하는 생각이 표정에 훤히 드러났다.

오래된 관습에 맞서 지금 당장 무얼 해내자는 말이 아니다. 어느 한 사람이 서운한 감정을 혼자의 몫으로 가져가지 않게, 서로의 화성과 금성을 공부하고 존중하며 살자는 의미다. 우리 부모님은 끝끝내 서로의 행성을 이해하지 못했지만 조금 더 환경이 나은 우리는 충분히 해낼 수 있다고 생각한다. 다만 이 글이 너에게 부담처럼 느껴지지 않았으면 한다. 우리의 결혼이, 우리의 미래가 이 글로 인해 조금 더 조화롭길 바랄 뿐이다.

"엄마는 회사원이자 엄마이자 아빠로 살았다.
그때부터 남자와 여자가 하는 일을
나눌 필요가 없다는 사실을 어렴풋이 깨달았다."

당신의
서른에게

서른은 열의 세 배가 되는 수다. 10년씩 꼬박 세 번. 엄마 손을 잡고 세상을 탐닉하기 바빴던 10대를 지나 엄마 품에서 나와 홀로서기에 도전하는 20대를 거치면, 마침내 내 아이를 품어야 할 서른이 된다. 딸로 태어났던 생은 자연스레 엄마의 생으로 전환점을 맞고, 엄마로서 생을 살다 보면 어느새 자신의 생이 딸에게 대물림되고 있음을 알아차린다고 한다. 서른을 앞둔 딸은 생의 전환점 앞에 서서, 마치 모래사장에 서서 크기를 가늠할 수 없는 파도를 지켜보듯 막연한 공포를 맞이한다. 자라면서 엄마의 생을 서글프게 생각해온 딸은 종종 자신이 엄마로 살아갈 생을 생각하며 서글퍼한다.

"엄마, 서른이 되면 뭐가 달라질까?"

"숫자가 뭐가 중요해. 요즘 같은 세상에."

엄마는 서른은 숫자로 하면 30이고, 30은 29보다 크고 31보다 작은 자연수일 뿐이라고 말했다. 엄마 입에서 나왔다고는 생각되지 않을 만큼 제법 철학적인 말투에 웃음이 났다. 엄마는 29보다 크고 31보다 작은 자연수의 나이에 나를 낳았다. 7월 중순은 무더웠고 엄마는 나를 만나기 위해 무거운 몸을 이끌고 병원에 스스로 입원했다. 날씨가 너무 더운 탓에 간호사 몰래 씻었다가 혼나기도 했지만, 두 번째 엄마가 되는 일은 첫 번째보다 수월했다. 첫 번째 아이가 태어난 이후 실수가 잦았던 엄마는 두 번째 아이가 태어나면서 자신도 제법 엄마 티를 갖췄노라 말했다. 내가 태어났던 7월이 30일을 넘기면 31일이 되듯, 엄마도 나와 함께 30살을 넘기고 31살이 되는 자연스러운 삶을 살았다.

※

"엄마의 서른은 어땠어?"

"너를 낳았지."

"그게 다야?"

"그게 몇 년 전인데 기억나겠니."

엄마와 나란히 배를 깔고 누워 앨범을 펼쳤다. 스물여덟을 끝으로 엄마 사진은 없고, 온통 오빠와 내 사진뿐이었다. 어쩌다 보이는 사진 속 엄마는 대체로 오빠나 나를 안고 있거나 사진 구석에 작게 모습을 드러냈다. 우리를 촬영해주느라 엄마가 없는 사진이 다반사였으며, 엄마가 주인공인 사진은 단 한 장도 없었다. 외할아버지가 돌아가셨을 때 결혼 전 엄마 사진이 담긴 앨범을 우리 집으로 가져와 다행이라고 생각했다.

서른인 엄마는 어떤 생각을 하고, 어떤 방식으로 삶을 꾸려나갔는지 묻는 말에 당황한 기색이 역력했다. 대답을 얼버무리던 엄마는 이내 생각나지 않는다고 고백했다. 이때 네가 뜨거운 라면을 바지에 쏟아서 얼마나 놀랐는데, 그 사진은 너희 자는 모습이 너무 예뻐서 솜을 떼다가 눈썹에 장난 좀 쳤지. 우리 사진에 대한 기억은 어제 일처럼 선명했지만, 앨범에 없는 엄마의 서른은 존재하지 않는 낯선 시간처럼 대했다. 지우개로 지워진 엄마의 시간은 눈에는 잘 보이지 않는 연필 자국으로만 어렴풋이 남아 있었다. 형광등에 그 자국을 비춰보고 손으로 더듬어가며 자국을 헤아리려 해도 명확하게 어떤 시간이 남아 있는지 알 길이 없었다.

"이 사진은 아마 네가 처음으로 엄마, 하고 옹알이를 했을 때쯤일 거야. 네 오빠 때도 그랬지만 그 순간 가슴이 먹먹했는데. 그땐 참 별 게 다 위로였지."

"위로였다고?"

"처음엔 조금 억울했어. 결혼하기 전에는 하고 싶은 일이 정말 많았는데 너희가 태어나고 나니 할 수 있는 일이 하나도 없었거든. 너희가 잠이 들어 어쩌다 시간이 날 때마다 금세 공허해졌어. 그 시간이 조금 더 오래

지속되면 걷잡을 수 없이 외로워졌고. 그러다가 잠에서 깬 네가 배시시 웃으면 그걸로 어느 정도 위로가 됐지.”

“엄마도 엄마한테 달려가지 그랬어.”

“너도 결혼해봐. 혼자 힘든 게 나아.”

엄마는 아무에게도 털어놓을 수 없었다고 말했다. 자신이 다녀가면 걱정으로 밤을 지새울 부모님을 생각해 5분 거리에 살면서도 일부러 걸음을 돌리는 날이 많았다. 아빠는 매일 지친 표정으로 집에 돌아와 우리를 한 번 들여다보고 곧바로 잠이 들었고 주말이면 내내 침대에 누워 시간을 보냈다. 엄마는 일을 시작하기 전까지 다른 누군가와 열 마디가 넘는 대화를 해보는 날이 손에 꼽힐 정도였다고 했다. 길에서 동네 아주머니를 만나면 그 자리에서 삼십 분 이상 떠들던 엄마가 이제야 이해가 갔다. 어쩌다 친구를 만나면 저마다 힘든 이야기로 대화가 금세 피로해졌다고 한다. 엄마는 누구에게도 치유받지 못한 채 아이들의 웃음이, 가정에 이따금 찾아오는 소소한 행복이 삶의 이유라 여기며 살았다.

우리는 배가 고프거나 화장실이 가고 싶을 때 심지어 깜짝 놀라거나 무서운 일을 당했을 때도 무의식중에 엄마, 하고 소리쳤다. 엄마, 하는 옹알이에 가슴이 먹먹했던 엄마는 어느 순간부터 엄마라는 소리가 무거운 짐처럼 느껴졌다고 말했다. 이 작은 아이들이 자신이 아니면 살아갈 수 없다는 생각이 든 날부터는 마음이 더욱 무거워졌다. 엄마 나이 고작 서른넷이었다.

아빠 대신 일을 시작한 엄마는 우리를 더 엄격하게 가르쳤다. 초등학교에 들어가면서 '엄마'라는 호칭 대신 '어머니'라는 호칭을 사용하게 했다. 이제 엄마에게 격식을 갖춰 불러야 하는 나이라고 했다. 이제는 어리광이 통하지 않는 나이였다. 나는 '어머니'라는 호칭이 낯설었다. 어머니, 하고 부를 때마다 왜인지 모르게 엄마와 거리감이 느껴졌다. 작은엄마를 부르지 않았듯이, 호칭을 부르지 않는 날이 많아졌다. 어쩌다 무의식중에 엄마, 하고 나오면 엄마는 내 눈을 똑바로 바라보며 오른손 검지를 들어 주의를 줬다. 그렇게 엄마는 어머니가 되어갔다.

어머니라는 호칭이 엄마에게 부담을 덜어줬다. 엄마, 하며 어리광을 부리던 아이들이 어머니, 라고 할 때는 뒤에 붙을 말 한마디를 더 고민했다. 엄마는 그것만으로도 마음이 조금 편했노라 고백했다. 어머니가 다시 엄마가 되기까지는 더 오랜 시간이 걸렸다. 중학교 졸업을 앞두고 우리는 잠시 떨어져 살았다. 어머니라고 저장된 번호로 몇 번이나 전화를 걸어야 겨우 통화가 이어졌다. 어쩌다 약속을 잡고 만나는 날에도 저녁만 먹고 헤어지기 일쑤였다. 어머니라는 호칭만큼 서로가 더욱 낯설어지고 있었다. 어머니가 가장 필요했던 사춘기 소녀는 호칭이 주는 그 거리감 때문에 어리광을 부릴 수가 없었다.

고등학교 졸업반이 되고 우리는 다시 함께 살았다. 어머니는 토요 수업이 있는 날이면 예전처럼 정성스레 도시락을 싸주고 매일 아침저녁으로 안부를 물어왔다. 나는 엄마와 어머니라는 호칭을 번갈아 가며 사용했다. 몇 년을 서로 떨어져 지낸 탓이었다. 몇 번 불러보지 못한 어머니라는 호칭이 익숙할 리 없었고 엄마, 하고 부르는 날이 많았다. 엄마도 이제 별다른 제지를 하지 않았다. 엄마와 다시 함께 살면서부터인지 아니면 다시 엄마, 하고 부르게 되면서부터인지 우리 사이를 가로막고 있던 무형의 거리감이 조금씩 사라졌다. 엄마가 30대와 40대를 모두 살아내고 비로소 50대를 맞았을 때였다.

이따금 엄마의 30대를 내가 선명하게 기억할 수 있다면 얼마나 좋을까, 하는 생각을 한다. 엄마는 내가 태어난 순간부터 예민한 10대와 까칠한 20대까지 함께 보냈던 모든 순간을 기억하고 있는데, 나는 엄마의 30대와 40대가 선명하지 않다. 어쩌다 엄마에게 물어도 너희를 키우느라 바빴다, 먹고 사느라 바빴다, 라는 말만 돌아올 뿐 별다른 수확이 없었다. 엄마가 어머니가 되고 어머니가 다시 엄마가 될 때까지 엄마의 삶에 대해 우리 가족 어느 누구도 선명하게 기억하지 못한다는 사실이 문득문득 서글퍼진다.

이제 막 아이를 낳아 키우는 엄마나 일까지 병행하는 워킹맘이 올린 글을 읽을 때마다 엄마의 서른을 떠올린다. 그들이 스스로에게 이야기하듯이 솔직하게 작성해 놓은 글을 통해 엄마의 서른을 짐작한다. 우리의 웃음 한 번에 위로가 될 만큼 홀로 고독한 시간을 보내던 모습과 온 가족이 엄마를 불러대는 통에 엄마라는 소리가 지겨웠을 모습을 상상하다가 그만두기를 반복한다. 상상은 꼬리에 꼬리를 물고, 상상 속에서 내내 서글펐던 나는 이내 서른인 엄마의 모습과 마주한다. 나만큼이나 작고 여린 엄마가 오빠와 나를 동시에 안고 서 있다. 양팔이 버거워 벌벌 떨면서도 우리를 놓치지 않으려 애를 쓴다. 그저 앞을 향해서만 사는 사람처럼 얼굴에는 아무 표정이 없다.

"정말 고맙습니다."

서른인 엄마에게 서른을 코앞에 둔 내가 꾸벅 인사를 한다. 다른 이를 신경 쓸 겨를이 없던 엄마는 놀란 눈으로 나를 쳐다본다. 나는 다시 고개를 숙이고 잠시 아무런 말을 하지 않는다. 눈물을 흘릴 것 같은 눈 때문에 고개를 들지 못하고 한참 그 자세로 서 있다. 엄마는 어린 우리를 양손으로 안고 있는 탓에 이러지도 저러지도 못하고 나를 한참 바라본다. 엄마는 자신도 모르는, 이유 없는 눈물을 흘린다.

엄마의 30대와 40대만큼 불안하고 외로웠던 어린아이의 삶을 산 나는 서른인 엄마 앞에 서서도 끝끝내 당신을 위해 사세요, 라는 말을 전하지 못한다. 그러면서 이기적이라 해도 어쩔 수 없다, 생각한다. 엄마는 그런 내 마음을 다 알고 있다는 듯이 내 얼굴을 바라보며 괜찮다고 고개를 끄덕인다.

이따금 엄마의 30대를
내가 선명하게 기억할 수 있다면
얼마나 좋을까, 하는 생각을 한다.

제 4장

마흔, 내가 그때의 당신을
이해했더라면

우리는 같은 침대에 누워 다른 꿈을 꿨다.

엄마가
처음이라서

제일 먼저 기쁨을 알았다. 네가 우리에게 찾아왔다는 사실에, 어디 하나 아픈 곳 없이 무탈하게 세상의 빛을 보았다는 사실에 기뻤다. 열 달 동안 배를 어루만지며 상상해오던 모습으로 태어난 너를 보고 처음으로 뜨거운 눈물을 흘렸다. 기쁜 일에도 눈물을 흘릴 수 있다는 사실을 그때 처음 알았다. 아직 눈도 제대로 뜨지 못한 네 손을 만져보는 자그마한 일에도 괜히 가슴이 벅찼다. 네가 눈을 동그랗게 뜨고 열 손가락을 꼼지락거릴 때, 내 손길 한 번에 때 묻지 않은 천사처럼 배시시 웃어 보일 때는 세상을 다 가진 신의 기분을 만끽했다. 그렇게 감사를 배웠다. 둘째인데 뭘 이렇게나 감격스러워 하느냐는 사람들의 말에 그때는 네가 나와 같은 여자라서, 라고 당당하게 답하지 못했다.

그때는 그랬다. 남아선호사상이 짙지는 않았지만 시어머니와 어머니는 남자가 아니라는 사실에 은근히 실망하는 눈치였다. 지금이야 '딸이 있어야 한다', '세상에 딸만 한 친구가 없다'라는 말이 통하는 시대지만 그때는 남자가 아니면 소박을 맞는 풍습이 아직 남아 있을 때였다. 첫째 아이가 남자고 둘째 아이는 나와 같은 딸이라 다행이라고 생각하면서도, 딸이라서 덜컥 겁이 나는 날도 많았다. 그럴 때마다 캄캄한 우주에 우리 둘만 먼지처럼 떠다니는 상상을 했다. 늘 내 품에 안긴 네 얼굴을 어루만지며 괜찮다, 되뇌었다. 너를 향한 위로라는 핑계를 두고 나는 나 자신을 다독였다.

"오빠는 장군감인데……."

다른 의미로 눈물을 흘리는 날도 많았다. 외할머니는 놀이터에서 놀고 온 너희를 보고 네게만 문밖에서 발을 털고 들어오라고 하는 사람이었다. 나는 네 발을 대신 털어주는 일로 우리를 감싸 안았다. 성별을 놓고 말도 안 되는 핀잔을 일삼는 어른들에게서 너를 위해 할 수 있는 일은 고작 너를 감싸 안는 일이 전부였다. 그래서 더 슬펐다. 세상이 변했다고 해도 지금 당장 오빠와 똑같은 세상을 갖지 못할, 어느 순간부터 자연스레 오빠에게 모든 걸 양보해야 할 네 세상을 생각하니 가슴이 저며오기도 했다.

너는 또래 아이들보다 느리게 성장했다. 제 속도로만 사는 널 보면서 엄마는 늘 마음 졸이며 살았다. 걸어야 한다는 나이를 지나 남들이 조금씩 뛰는 법을 배우는 나이에 겨우 걸음마를 뗐다. 남들보다 느린 걸음으로 세상을 마주한 너를 보며 나는 엄마로서 마음이 조급해졌다. 네 앞에 서서 두 손을 잡고 걷기를 반복했다. 하나둘, 하는 구령으로 호흡을 맞추려 할 때마다 너는 벅차다는 듯 울음을 터트렸다. 네가 한 두 번 더 울음을 터트렸을 때는 그 모든 일을 그만둬야 했고 나는 홀로 조급한 마음을 가다듬었다. 부족한 내 잘못이라 스스로를 타일렀다. 그 후로 네 울음이 몇 번 더 지속되었을 때 비로소 채찍을 들었다.

"네 오빠처럼 걸으란 말이야!"

말도 제대로 하지 못하는 너를 앞에 두고 해서는 안 될 말을 하고 스스로도 놀라 입을 틀어막았다. 남들보다 빨라도 힘겨운 세상이다. 네가 여자라는 사실 때문에 나는 더 조급해했고 너는 그때마다 넘어지고, 울고, 보채기를 반복했다. 나는 느린 아이예요, 하는 눈으로 우는 너를 안아 달래며 나는 어찌하지 못해 같이 눈물을 흘렸다. 부족한 엄마 때문에 몸과 마음을 다쳐 흘리는 네 눈물보다 몇 곱절은 더 마음 아프게 눈물을 흘렸다. 그렇게 한바탕 같이 울고 나면 오빠와 너는 잠이 들고, 나는 잠들지 못한 채 오후의 공허와 마주해야 했다. 네 시선으로 세상을 바라볼 수 없음에 자책하다가도 엄마로 사는 삶이 처음이라서, 라는 핑계로 억울해하곤 했다. 몇 번 더 자책과 책망 사이를 오가고 나면 잠깐의 자유도 끝이 났다.

첫째인 오빠보다 둘째인 네게 조금 더 숙련된 엄마의 모습을 보여줬지만 여전히 서툴고 부족한 엄마였다. 가끔은 여자아이라서 너를 더 섬세하게 다루고 더 조심하라 일러야 한다는 사실이 벅찼다. 네 오빠에게는 누군가 말을 걸어오면 일단은 친절을 베풀어야 하지만 사람에 따라 경계해야 할 필요가 있다고 일러주었다. 그 사람이 너와 동생을 데려가려 하면 우선 싫다는 의사를 표하고 그 사람이 힘으로 제압하려 한다면 주위에 도움을 요청하라고 했다. 그러고는 반드시 작고 약한 동생을 네 힘으로 지켜야 한다고 가르쳤다.

여자인 네게는 반대로 가르쳤다. 더 세심하게, 강경한 말투를 하고서는 네 스스로 너를 지키려 하기보다 힘이 센 누군가에게 도움을 요청하라 말해야 했다. 낯선 사람이 말을 걸어오면 최대한 시선을 피하고 친절을 베풀기 전에 우선 경계해야 한다고 일러주었다. 그 사람이 네게 손을 대려고 하거나 어디론가 데려가려고 하면 "안돼요!", "싫어요!"라고 명확하게 말하고 그래도 어찌하지 못하면 소리를 지르고 사람이 많은 곳으로 대피하라고 말했다. 그러고는 오빠가 너를 지켜줄 것이라 일러주었다. 엄마로서 그렇게밖에 말할 수 없는 나 자신이 싫으면서도 네가 여자니까, 어쩔 수 없다 생각하며 살았다.

너는 너만의 속도를 가진 아이로 자랐다. 엄마, 하는 옹알이 하나도 벅차하던 너는 초등학교 2학년이 되어서야 한글을 뗐다. 너다운 속도였다. 초등학교 2학년이 되면서 같은 반 아이들 앞에 받아쓰기 점수를 내보이는 일이 제법 창피했던 모양이다. 그 후로도 구구단을 외우는 일 같은 새로운 일을 늘 너만의 속도로 하나둘 깨우쳐갔다. 그때부터 엄마로서 조급해하지 않았다. 너만의 속도로 해나가는 일에 참견하지 않겠노라 다짐했다. 엄마이기 때문에 어쩔 수 없이 조급해하다가도 어느 순간 너를 들여다보면 문제없이 해내고 있는 모습을 봐왔기 때문이다. 네가 성장한 만큼 나도 엄마로서 같이 성숙해져 갔다.

142

느린 속도로 성장하던 네 몸은 또래보다 빠르게 여자가 되었다. 일을 시작하고 먹고 살기 바쁘다는 핑계로 네 삶을 자세히 돌보지 못했다. 참견하지 않겠다는 생각이 네가 소홀하다 느낄 정도가 되었다. 친구들이 다 입는 속옷을 왜 자신만 입지 않느냐고 묻는 너를 보고서야 너에게 속옷이 필요하다는 사실을 알았다. 남자아이를 키우듯이 너를 대해서는 안 된다는 사실을 그때 다시금 깨달았다. 네 오빠를 키우면서 엄마로서 자신만만해했던 나는 너를 키우면서 또 다른 세상을 만났다. 이 모든 일이 처음이기에 엄마로서 어디까지 네 삶에 관여해야 하는지 알 길이 없었다.

하루는 네가 퇴근한 나를 보자마자 울음을 터트렸다. 속옷에 자꾸 뭐가 묻어 나오는데 아무리 빨아도 또 나오고 또 나와서 어떻게 해야 할지 모르겠다고 말했다. 초경이었다. 네가 중학생이 되면 시작하겠거니, 막연히 짐작하고 있던 일이었지만 엄마 입장에서도 너무 빠른 나이였다. 이제 초등학교 5학년, 12살의 나이로 너는 비로소 여자가 되었다. 네게 생리대를 주고 사용법을 알려주면서 나는 복잡미묘한 감정에 사로잡혔다. 네가 초경을 시작했다는 사실에 기뻐하다가도 이제 더 조심해야 할 일이 많아질 현실에 생각이 많아졌다. 그 모든 것을 엄마인 내가 알려주고 돌봐주어야 하기 때문에 덜컥 겁을 내기도 했고, 미처 신경 쓰지 못한 일에 네가 슬퍼할 때면 가슴 아파하기도 했다.

"엄마가 처음이라서 서툴렀어."

엄마는 모든 게 서툴렀던 자신이, 그리고 모든 게 처음이었던 우리가 그렇게 함께 시간을 보내왔다고 고백했다. 엄마 이야기를 들으며 호주에서 만났던 어미새와 아기새를 떠올렸다. 아르바이트를 마치고 퇴근하는 길, 집 앞 나무 근처에서 도로에 떨어진 아기새를 발견했다. 차가 쌩쌩 달리는 도롯가에 서서 작고 여린 두 발로 걷는 아기새와 그 위로 불안하게 날아다니는 새 여러 마리를 발견했다. 그중 가장 낮게 날았다 나무 위로 다시 오르고, 제일 큰 목소리로 우는 새가 어미새라고 짐작했다.

날갯짓을 하다 도로로 떨어진 아기새는 다시 날갯짓을 하지 못하고 두려움에 떨고 있었다. 주위를 날아다니는 어미새는 이러지도 저러지도 못한 채 위태로운 아기새의 비행을 지켜보았다. 몇 분 동안 그 광경을 보던 나는 하릴없이 아기새를 나무 위에 올려줘야겠다고 생각했다. 나무 위에 오른 아기새는 다시 날갯짓을 시도하다 도로로 떨어졌고 그 위로 차가 빠르게 지나갔다. 놀란 나는 그 자리에 한참을 서 있었다. 어미새는 나무 주위를 날며 목놓아 울었다. 나를 책망하는 듯한 울음이었다. 이후로 나는 그 도시를 떠나는 날까지 그 자리를 지나칠 때마다 한참 서서 아기새를 떠올렸다. 아기새가 혼자 힘으로 나무 위까지 올라갔다면 다시 도로로 떨어져 차와 마주했을 때 날갯짓을 하지 않았을까, 스스로를 탓했다.

엄마가 내내 나처럼 스스로를 책망하고, 어미새처럼 마음 졸이며 살아 왔다고 생각하니 가슴이 먹먹했다. 날갯짓을 가르쳐야 하지만 아이를 위해서 자신이 완벽하게 발 벗고 나설 수 없는 삶. 엄마가 처음이라서 네 삶에 어디까지 관여해야 하는지 알 길이 없었다고 한 말이 계속 귓가에 맴돈다. 마치 어미새의 울음처럼.

—

날갯짓을 가르쳐야 하지만 아이를 위해서
자신이 완벽하게 발 벗고 나설 수 없는 삶.
엄마가 처음이라서 네 삶에 어디까지 관여해야 하는지
알 길이 없었다고 한 말이 계속 귓가에 맴돈다.

천 원짜리
월급봉투

불혹의 나이에도 삶은 여전히 잔인했다. 그래프에서 유일한 직선은 X축뿐이었다. X축을 중심으로 높은 파도처럼 위아래로 굽이치던 삶은, 어느 지점을 기점으로 굽이치는 일을 그만두고 아래로 하락하기 바빴다. 엄마 나이 40부터였다. 명예퇴직 후 몇 년간 위태로운 나날을 보내던 남편은 삶을 포기하겠다, 선언해버렸다. 줄곧 집 밖으로 나오지 않는 삶을 살던 그는 어느 날부터 자신이 소일거리로 벌어오는 푼돈을 조금씩 가져가 슈퍼에서 소주를 사 마셨다. 한 잔이 두 잔이 되고 금세 한 병이 되었다. 그렇게 한 달에 몇 번씩 빈 소주병을 내놓을 때마다 엄마는 소주 대신 쓴 눈물을 삼켰다.

남편은 술만큼 짜증도 늘었다. 짜증은 고스란히 엄마 몫으로 돌아왔다. 그때도 엄마는 사람이 얼마나 힘들면, 하고 남편을 안쓰러워하면서 자신에게 화를 내지 않아서 다행이라 여겼다고 했다. 그가 포기한 이 가정을 누군가는 대신 꾸려나가야 했다. 엄마는 그 누군가가 자신이라는 사실을 묵묵히 받아들였다. 가정주부로 살면서 소일거리만 해오던 엄마는 남편을 대신해 본격적으로 생계를 꾸려나갔다. 40대 내내 엄마이자, 가장이자, 사회의 일원으로 살겠노라 결심했다.

아침저녁으로 가정주부 역할을 수행하고 집 밖에서는 회사원으로 역할을 해내는 정도의 피로감은 몸과 마음에 크게 무리가 가지 않았다. 집에서 하던 부업을 밖에서 한다고 생각하고 가볍게 넘겨버리면 그만이었다. 다만 아이들이 초등학교에 입학하고부터는 몸이 여러 개였으면 좋겠다고 기도하는 날이 잦았다. 주위 엄마들은 부업이나 학교 급식소 같은, 아이들을 어느 정도 돌보면서 일할 수 있는 일자리를 선호했다. 홀로 생계를 꾸려야 하는 엄마는 달랐다. 몸이 힘들고 시간이 부족해도 월급이 많은 일을 찾아야 했다. 당시 엄마처럼 원하는 때에 시간을 내기 힘든 직장에 다니는 엄마는 많지 않았다.

오빠가 고학년이 되면서 부모가 학교에 가야 할 일이 많아졌다. 아빠가 학교에 오는 일이 흔하지 않던 때였다. 엄마는 하는 수 없이 이틀 치 일을 몰아서 하고 짬을 내 학교에 갔다. 성적이 좋았던 오빠가 학교에 무심한 부모 때문에 행여 불이익을 당할까, 엄마는 그게 가장 두려웠다고 했다. 기어코 오빠를 반장 자리에 앉히고 엄마는 학부모 회의에 꼬박꼬박 참석했다. 어느 날은 방과 후 학부모 교실에 일일 선생님을 자처하기도 했다. 엄마는 그 모든 일을 묵묵히 해냈고, 우리는 엄마는 당연히 그래야 하는 존재라고 생각했다.

초등학교 3학년 때 엄마가 지역 신문에 나왔다. 우리 가족은 오빠가 태어나면서부터 줄곧 한동네에 살았다. 엄마의 위태롭고 가여운, 그리고 꿋꿋하게 버티는 삶을 모르는 이가 드물었다. 새벽에 우유와 신문을 배달하고 아이들을 학교에 보내자마자 출근길에 올랐고, 밤에는 집으로 돌아와 부업을 했다. 24시간 중 엄마가 쉬는 시간은 쪽잠을 자는 단 몇 시간뿐이었다. 사실 엄마가 어떤 타이틀로 지역 신문에 났는지 명확하게 기억나지 않는다. 다만 엄마가 거쳐온 혹은 하고 있는 수많은 일과 함께 슈퍼우먼이라는 칭호를 받았다는 사실만 기억할 뿐이다.

"왜 너네 집은 엄마가 돈을 벌어?"

하루는 어릴 때부터 동네에서 함께 자란 친구가 엄마가 나온 지역 신문을 학교에 들고 왔다. 친구는 마치 자신의 무용담처럼 우리 엄마의 삶을 읊어갔다. 어린 자존심에 친구를 말리지도 못하고 속으로 신문을 갈기갈기 찢는 상상을 했다. 남들보다 일찍 사춘기에 접어든 나는 아빠를 대신하기 위해 새벽에 배달을 하고 종일 일을 하는 엄마의 삶이 자랑스럽지 않았다. 남들과 다른 환경은 아이들 사이에서 화제가 되기 일쑤였고 그 모든 시선을 버텨내기에 나는 너무도 소극적인 아이였다. 친구들이 왜 아빠가 낮에도 집에 있느냐고 물으면 아빠가 많이 다쳤다는 핑계를 대고 말을 대충 얼버무렸다. 가장 친한 친구조차 우리 집에 한 번도 초대되지 못했다.

돈이 되는 일이면 궂은일도 마다하지 않았던 엄마 때문에 나는 친구들과 동네를 걸을 때마다 연신 주위를 두리번거려야 했다. 나도 엄마와 같은 어른이 된 후에 엄마는 그때를 회상하며 미안하다 고백했다. 새벽 배달이 늦어져 네가 학교에 가는 시간까지 배달을 이어가야 하는 날이면 행여 너를 만날까 싶어 골목을 돌고 돌아 집으로 왔다고 했다. 이미 훌쩍 커버린 나는 어린 나의 마음을 감추고 왜 그랬냐고, 그때 나는 괜찮았다고 엄마를 달랬다. 그러면서 속으로는 엄마에게 감사하다고 고개를 땅까지 박고 인사를 했다.

내가 고학년이 되었을 때는 엄마가 더 이상 학교 일을 하지 않았다. 첫째인 오빠에게 모든 열정을 다 쏟아버린 탓이라고만 생각했다. 처음으로 알을 깨고 태어난 아기새에게 먹이를 다 빼앗긴 그보다 작고 여린 아기새는 사랑이 고픈 아이로 자랐다. 부모를 학교로 초대하는 가정통신문을 일부러 거실 식탁 위에 펼쳐놓고 잠이 드는 날이 많았다.

오지 않는 엄마를 기다리는 일이 잦아질수록 집착이 심해졌다. 학교가 끝나면 엄마가 준 용돈으로 버스를 타고 1시간가량을 달려 엄마 사무실로 갔다. 왜 또 왔어, 라고 핀잔을 준 엄마는 이내 큰 빵집에 데려가 우유와 빵을 사주었다. 그러면서 사무실에서는 조용히 해야 한다고 일러주었다. 엄마 손을 잡고 사무실에 들어서면 사람들은 돌아가며 나를 보러 왔다. 이런저런 말을 걸어오고, 간식을 가져다주고, 용돈을 쥐여줬다. 모두가 나를 사랑한다고 착각해 매일같이 출근 도장을 찍었다.

월급날이 되면 경리 언니는 두둑한 월급봉투를 들고 이름을 한 명 한 명 호명했다. 어김없이 엄마 이름이 호명됐고, 나는 엄마를 대신해 월급봉투를 받아들었다. 이상했다. 팀장 아저씨가 받은 월급봉투는 아저씨 손에 가득 찰 정도로 두툼한데, 엄마 월급봉투는 작은 내 손아귀에도 쏙 들어올 정도로 얇았다. 학원 선생님이 학원비를 받기 위해 내 편에 엄마에게 보내는 빈 학원비 봉투 같았다. 엄마 자리로 돌아오면서 봉투를 열어 안을 확인했다. 내용물을 확인하고 다시 경리 언니에게로 가서 물었다.

"왜 우리 엄마는 천 원밖에 없어요?"

내가 그 말을 꺼냈을 때 사람들이 지었던 표정을 똑똑하게 기억한다. 아무것도 모르는 어린아이에게 무엇을 설명해야 할까 망설이는 눈빛이, 그리고 따라오는 침묵이 나를 고요한 외딴섬에 가둬버렸다. 아무도 내게 말을 걸지 않은 몇 분이 몇 시간처럼 느껴졌다. 외딴섬에서 나를 구해준 건 엄마였다. 책상에 있는 지갑이며 펜을 핸드백에 아무렇게나 쓸어 담은 엄마는 내 손을 잡고 황급히 사무실을 나왔다. 그러면서도 사람들에게 웃으며 인사하는 일을 잊지 않았다. 사무실 밖으로 나온 엄마는 조용히 말했다.

"엄마는 미리 다 받았어. 그래서 그래."

엄마는 그 돈으로 내 옷이랑 신발을 사고 매일 먹는 음식을 장만했다고 했다. 어린 나는 엄마 말을 곧이곧대로 믿는 수밖에 도리가 없었다. 어린 마음 한 켠에는 진짜일까, 하는 의심이 들었고 자라면서도 내내 의심이 마음에 조금씩 생채기를 냈다. 스스로 상처를 받지 않기 위해, 상처받은 나를 보던 엄마의 표정이 눈에 선해 그 뒤로 다시는 엄마 사무실에 가지 않았다.

천 원짜리 월급봉투에 숨겨진 비밀은 그로부터 몇 년 뒤에야 밝혀졌다. 살면서 내내 그날 일에 마음을 썼다. 고등학생이 된 후에 엄마에게 조심스레 물었다. 엄마는 당시 다녔던 직장에 대해 말해줬다. 매달 고객에게 대금을 수금해 회사에 줘야 하는데, 수금을 하지 못하면 무조건 월급이 감봉되는 시스템이었다. 엄마는 매일 이곳저곳을 돌며 수금을 해야 했고 누군가 떼먹고 자취를 감추면 고스란히 책임을 져야 했다. 오빠가 학교에 다닐 때는 수금을 미루더라도 학교 일을 했지만, 나까지 학교에 들어가고 나니 돈이 들어가는 일이 한두 가지가 아니었다. 하는 수 없이 담당 구역을 넓혔고 더 많은 일과 더 많은 수금이 엄마를 기다리고 있었다.

한 학기에 몇 번씩 식탁 위에 가지런히 놓아두었던 가정통신문을 떠올렸다. 식탁 앞에는 어떻게 하면 가정통신문이 눈에 잘 들어올까 고민하는 내가 있다. 몇 시간 후 늦게 집으로 돌아온 엄마가 가정통신문을 들여다보다 뜬눈으로 밤을 지새우는 신이 영화의 한 장면처럼 이어졌다. 엄마가 식탁에 놓인 가정통신문을 보며 속으로 얼마나 많은 눈물을 삼켰을까. 이따금 그 긴긴밤을 생각할 때마다 엄마의 마음도 내 마음도 여전히 그날들 속에서 아파하고 있음을 느낀다.

이따금 그 긴긴밤을 생각할 때마다
엄마의 마음도 내 마음도 여전히 그날들 속에서
아파하고 있음을 느낀다.

동상이몽

결혼을 일찍 한 친구 A와 오랜만에 만나 점심을 먹었다. 초등학교와 중학교 때까지 줄곧 붙어 다녔고 고등학교가 달라지면서 연락이 점점 뜸해지더니, A가 20대 초반에 결혼을 해 아이를 낳고는 일 년에 한두 번 연락하는 일조차 수고스러웠다. 매번 아이를 이유로 좀처럼 시간을 내기 힘들어했던지라, 뜬금없는 연락에도 다른 친구 B와 함께 한걸음에 달려나갔다.

A는 대뜸 이혼을 한다고 말했다. 나와 B는 숟가락을 허공에 그대로 둔채 말을 마친 A의 얼굴을 바라봤다. 그녀의 표정은 아무런 동요도 없었다. 슬픔도, 아픔도 없는 눈빛이었다. 나는 어떤 시간을 보내면 저렇게 아무 감정 없는 표정을 지을 수 있을까, 그런 생각을 하던 참이었다. 지쳤다는 A의 말을 끝으로 한동안 침묵이 우리 곁을 지켰다. 그사이 나는 어느 날부터 A의 메신저 프로필이나 SNS에 아이 사진이 올라오지 않는 이유가 이거였구나, 깨달았다.

어린 나이에 아이를 가져 결혼을 해야 했던 A는 20대 내내 아이를 키우며 살았다. 또래들은 대학 생활을 즐기거나 해외로 떠나는 삶을 살았고, A는 종종 우리에게 외롭다고 연락하곤 했다. 연락을 받을 때마다 우리는 안쓰럽지만 어쩔 수 없지, 라는 결론을 내렸다. 그렇게 A와 점점 거리감이 생겼다. 연락이 뜸했던 A를 잊고 친하게 지내던 친구 몇몇끼리 우정 반지를 나눠 꼈을 때 A는 우리에게 연락해 서운함을 내비쳤다. 어렸던 우리는 A가 일 년 넘게 우리에게 연락을 안 하지 않았느냐, 그렇게 넘기고 말았다.

A는 아이를 낳고서는 산후우울증이, 아이를 양육하면서는 조울증이 시도 때도 없이 찾아왔고 더는 생활비를 주지 않는 남편과 사이가 원만하지 않았다고 했다. 아이를 키우기 위해 친정에 손을 벌리면서부터는 결혼 생활이 점점 더 힘들어졌다고 고백했다. 남편이 미워지니 남편을 닮은 아이마저 정이 가지 않는다고 덧붙였다. 아이가 자신을 의지하는 일이 너무 벅차고, 엄마라는 단어가 너무 버겁다고 눈시울을 붉혔다. 이미 이혼에 대해 양측이 합의점을 찾았고, 이제 자신은 자유의 몸으로 돌아간다고 말하는 모습을 보고 있자니 어느새 마음 한편이 불편했다.

"아이는?"

아이는 조부모 몫이 되었다. 그렇게 말하는 A는 마치 아이를 꾸어다 놓은 보릿자루를 대하듯 했다. 아직 젊은 자신과 남편은 각자 갈 길을 찾아가고 아이는 할아버지 할머니 품에서 사랑받으며 자랄 것이라 확신했다. 마음이 다친 자신보다 조부모가 더 많은 사랑을 줄 수 있다고 확신하는 눈치였다. 아이가 필요로 하는 사랑은 항상 엄마와 아빠를 향해 있다는 사실을 모르고 있나, 오지랖 넓은 참견이 하고 싶어졌다. 지금 A에게는 그저 자신이 생각하는 삶의 방향이 남편과 아이를 향해 있지 않다는 사실이 중요해 보였다.

"괜찮을까?"

"응. 난 괜찮아."

아니 너 말고, 라는 말을 목구멍에서 간신히 참아냈다. 엄마가 나를 떠날 때 이런 마음이었다고 생각하니 더는 표정 관리가 되지 않았다. A는 그제야 내 눈치를 보기 시작했고 함께 온 B가 다른 말로 화제를 돌렸다. 나는 스스로에게 지나친 감정이입이라고 경고를 날렸다.

＊

IMF 외환 위기로 아빠가 실업자가 되고서 한참 후에 집에 빨간 딱지가 날아들었다. 한 직장에서 오래 신임을 받으며 일해왔던 아빠는 위기가 찾아오기 전 회사에 보증을 들어줬다. IMF 외환 위기 여파로 회사는 부도가 났고 결국 문을 닫았다. 아빠는 실업자가 되었고, 그와 동시에 회사 빚을 떠안아야 하는 신세가 됐다. 짐을 나눠서 지지 못하는 아빠의 성격 탓에 엄마는 아무것도 모른 채 몇 년 뒤에 빨간 딱지와 마주해야 했다. 엄마는 그 상황에서도 우리에게 집안 사정을 숨기기 위해 빨간 딱지를 눈에 보이지 않는 곳에 붙여달라고 신신당부했다고 고백했다. 아빠가 홀로 문제를 해결하기 위해 동굴 속에서 방도를 찾는 사이 집은 경매에 넘어가 버렸고 엄마는 화를 내다 지쳐 눈물을 보였다.

엄마는 생각보다 더 강했다. 곧바로 정신을 붙잡고 해결책을 찾아 나섰다. 빚을 내서 전셋집을 구했고, 지인 회사에 아빠를 강제로 취직시켰다. 아빠 마음은 오죽하겠니, 라며 동굴 속 아빠를 헤아리던 엄마는 이제 온데간데없었다. 무조건 가야 한다고, 닦달했다. 아빠는 성화에 못 이겨 출근하면서도 생전 처음 해보는 일에 쉽게 적응하지 못했다. 엄마는 조급했고, 그럴수록 서로 날카롭게 손톱을 세우고 자기방어에 나섰다.

하루는 전화 요금을 내지 못해 휴대전화가 정지된 엄마가 아빠에게 하루만 휴대전화를 빌려달라 말했다. 영업이 주된 업무였던 엄마는 휴대전화 없이 일을 할 수 없었다. 아빠는 단번에 거절했고, 엄마는 하루 정도 빌려주는 것이 그렇게 어려운 일이냐 따져 물었다. 엄마의 두 눈에선 금방이라도 눈물이 터져 나올 것 같았다. 아빠는 시선도 주지 않은 채 식탁 의자에 앉아 담배만 태울 뿐이었다.

가방 속 이어폰처럼 엉켜버린 관계는 양쪽이 모두 자유롭지 않은 이상 원래 형태로 되돌리는 일이 어렵다. 마음을 크게 다쳤던 아빠는 마음이 꽉 막혀 이어폰 끝을 내주지 않았고, 엄마가 혼자 엉킨 줄을 풀어보려 할수록 상황은 점점 악화됐다. 서로의 언성이 높아지고 아빠는 급기야 자신의 휴대전화를 망치로 때려 부쉈다. 내가 본 아빠의 모습 중 가장 위태로워 보였다.

엄마는 그로부터 얼마 후 집을 떠났다. 내가 중학생이 되고 엄마는 "너희를 보면서 산다.", "너희가 다 크고 나면 엄마도 엄마를 위해 살 거다."라는 말을 자주 했다. 그때는 엄마가 얼마나 힘든지 눈에 보이지 않았고, 그 말은 곧이곧대로 상처가 됐다. 그래도 내가 어른이 되기 전까지는 엄마가 떠나지 않겠다, 생각했다. 확신은 바람으로 끝이 났고 출장을 간다며 주말에 짐을 싸 들고 나간 엄마는 그대로 돌아오지 않았다. 신호음만 계속해서 들어야 하는 전화를 일주일 내내 붙잡고 있었다. 그때도 나는 엄마의 출장이 길어진다고만 생각했다. 어느 누구도 내게 엄마가 집을 떠났다고 말해주지 않았으며, 전화하지 말고 잠자코 기다리라든가 엄마는 언제쯤 돌아올 거라는 말 따위를 전해주지 않았다. 아빠도 오빠도 엄마의 마음을, 바로 내일 우리가 겪게 될 삶을 몰랐기 때문이었다.

엄마 이름만 빠진 새 건강보험증을 보고 엄마가 이제 영영 돌아오지 않겠구나, 막연히 생각했다. 나는 어디 있는지도 모르는 엄마를 향해 서서 나에게 등을 돌린 엄마의 뒷모습을 하염없이 바라봤다. 손에 잡히지 않는 옷자락을 잡으려 부단히 노력했다. 끝끝내 엄마를 놓치고 막다른 골목에 다다랐을 때 식은땀을 흘리며 잠에서 깼다. 매일 같은 악몽을 꾸는 일로 엄마를 그리워하고, 내 삶을 슬퍼했으며, 엄마를 되돌려 놓아야겠다며 이를 더 악물었다.

"나한테도 휴일이 필요했어."

A는 변명처럼 말했다. 과거에 잠겨 있던 나는 제정신으로 돌아와 A의 얼굴을 봤다. 잠시 한눈을 파는 사이에 새까맣게 타버린 철판처럼 A의 속이 새까맣게 타 있을 수도 있겠구나, 생각했다. 아무 감정 없는 A의 표정에 어떤 시간이 담겨 있을지 조금은 알 것 같았다.

"너희처럼 주말에 늦잠도 자고, 친구들을 만나 수다를 떨거나 훌쩍 여행을 떠나고 싶었어. SNS를 들여다볼 때마다 나만 행복하지 않다고 생각했어. 그때부터 아이가 엄마, 하고 부르는 일이 무서워지더라고."

내내 감정을 드러내지 않던 A는 끝내 눈물을 보였다. 다 괜찮을 거라고, 스스로 다독거리는 시간이 늘수록 더 괜찮지 않아졌다고 했다. A는 짙은 고독 속에 살면서 내가 왜 괜찮아야 하지? 하는 의문이 든 순간 이혼을 결심했다. 시댁도 친정도 누구 하나 잘했다고 말해주지 않아 친구인 우리에게 연락을 했다고 고백했다. 정말 아이 없이 살 수 있느냐고, 평생 보지 않고 살 수 있느냐고 따져 물으려던 나는 말문이 막혔다.

사실 엄마가 처음으로 집을 떠났던 첫 번째 독립은 실패로 돌아갔다. 엄마는 내내 우리가 눈에 밟혀 차마 연락을 끊을 수가 없었다고 했다. 신호음만 울리는 전화가 몇 주 더 계속되고 엄마는 마침내 내 전화를 받았다. 우리는 집이 아닌 제3의 공간에서 종종 재회했고, 고등학교 졸업을 앞둔 어느 토요일, 내가 엄마 집으로 짐을 싸 들고 들어가면서 다시 함께 살았다. 이사를 하던 밤 나란히 침대에 누워 엄마와 오래도록 이야기를 나눴다. 나는 어린아이가 되어 내일은 엄마랑 오래도록 늦잠을 자고 싶다고 고백했다.

"엄마는 주말에 늦잠 자는 게 너무 아까워. 내일 아침에는 어디라도 가자."

우리는 같은 침대에 누워 다른 꿈을 꿨다. 너무 오래 떨어져 있던 탓이라 생각했다. 평생 주말 없이 산 엄마는 주말도 평일처럼 일찍 일어나 아주 사소한 일이라도 한다고 했다. 그냥 흘려보내는 시간이 너무 아깝다고도 했다. 처음에는 산책을 하거나 사색에 잠겼고, 그다음에는 자신만을 위해 요리를 했으며, 혼자가 조금 무료해진 다음부터는 친구를 만났다고 했다. 그 말을 들으며 엄마의 50대에는 주말을 함께 보낼 친구가 되어줘야겠다고, 나 자신과 지키지 못할 약속을 했다.

나는 어디 있는지도 모르는 엄마를 향해 서서
나에게 등을 돌린 엄마의 뒷모습을 하염없이 바라봤다.

엄마의
끼니 걱정

"밥은."

엄마는 우리 얼굴만 보면 끼니 걱정을 했다. 밥은, 하는 물음은 항상 물음표가 아니라 마침표로 끝을 맺었다. 마침표는 어떤 내용을 설명하는 문장이나 무엇을 하도록 시키는 문장, 함께 하기를 요청하는 문장을 마칠 때 쓰는 문장 부호다. 그러니까 엄마가 하는 끼니 걱정은, 마침표가 가진 두 번째와 세 번째 의미일 테다.

본격적인 워킹맘으로 살면서 엄마는 오랜 시간 집을 비웠다. 우리 가족 중 누구도 끼니를 제때 챙기는 이가 없었다. 동굴 속에 사는 아빠는 매일 겨울잠을 잤다. 화장실에 가거나 저녁에 소주를 마시는 일이 아니면 동굴 속으로 기어들어가 겨우 숨만 쉬며 지냈다. 우리는 이따금 들려오는 숨

소리로 아빠의 존재를 느꼈다. 끼니때가 되면 우리 둘 중 누군가 아빠를 깨웠지만 아빠는 미동도 하지 않았다. 소주를 마실 때마다 선심을 쓰듯 라면을 끓여주는 일로 자신의 존재를 증명하는 일이 우리와 함께하는 시간의 전부였다.

엄마는 직장에 다니는 와중에도 철마다 김치를 종류별로 담갔고, 한 번 음식을 장만하기 시작하면 잔칫집이 부럽지 않을 정도의 양은 돼야 직성이 풀린다고 했다. 덕분에 우리 집 베란다에는 커다란 대야가 하나씩 늘어갔다. 빌라를 떠들썩하게 한 잡채 사건 이후로 엄마는 동네에서 큰 손으로 불렸다.

"당면 하나만 더 사 와."

깍두기를 담글 때 쓰는 새하얀 1호 대야를 꺼내든 엄마는 파란색 작은 대야에서 1호 대야로 모든 재료를 옮겨 담았다. 엄마는 재료가 너무 많아서 당면이 고명처럼 올려졌다, 투덜거렸다. 엄마 심부름을 위해 슈퍼마켓에 간 나는 놀랄 수밖에 없었다. 당면이 20인분 용일 거라고는 상상도 못 했다. 엄마에게 전화를 걸어 20인분 용이 맞아? 라고 묻자 엄마는 당당하게 맞아, 라고 답했다. 도합 40인분. 우리는 동네 잔치를 연 사람처럼 윗집 할머니와 아랫집 사람들에게 잡채를 나눠줬다. 잡채를 배달하고 몇 분 지나지 않아 각 집에서 빈 접시를 돌려주러 왔다. 잡채가 비운 자리를 과일과 과자가 대신했다. 엄마의 음식만큼이나 풍족한 주말이 순식간에 지나갔다.

주 중에는 내내 그런 주말 풍경을 그리워했다. 엄마는 다시 회사원으로 돌아갔고, 오빠와 나는 따뜻한 엄마 음식을 먹을 수 있는 주말을 기다리며 매일같이 허기를 달랬다. 무엇을 먹어도 배가 고팠고, 돌아서면 엄마가 해 준 밥 생각이 났다. 그때는 그 허기가 엄마의 부재에서 오는 것이라는 사실을 몰랐다. 엄마는 조금 더 먼저 태어난 오빠에게만 가스 불을 허락했다. 아빠는 그 사실을 늘 못마땅하게 여겼다. 오빠는 국을 데우고 엄마가 만들어 놓은 반찬을 꺼내 식탁을 차렸다. 오빠가 친구들과 보내는 시간이 늘고부터는 혼자서 국을 데워 밥을 먹었다. 반찬 한 가지를 꺼내는 일조차 대수롭게 여겼다. 국이며 반찬이며 모두 엄마가 만든 음식이었는데, 내가 아는 그 맛과 달랐다. 여전히 허기진 마음을 달랠 길이 없었지만 반대로 끼니를 거르는 날이 많아졌다. 혼자 먹는 밥은 쓸쓸했고, 생각이 많아졌으며, 이내 지겨워졌다.

"밥은."

"엄마는."

퇴근하고 집에 돌아온 엄마는 어김없이 가장 먼저 끼니 걱정을 했다. 그러면 나는 엄마의 끼니를 걱정하는 일로 대답을 대신했다. 밥을 먹은 흔적이 없는 것을 확인한 엄마는 잔소리를 늘어놓으며 가스 불을 켰다. 나는 다시 엄마의 끼니를 물었다. 엄마는 일하다가 먹었다며 나를 보지도 않고 말을 이어갔다. 밥을 거르면 안 된다, 너라도 잘 챙겨 먹어야 엄마 마음이 조금이라도 편하지. 끼니를 묻는 엄마의 마침표는 "밥을 먹어라."라고 말하는 두 번째 의미였다. 엄마는 아마 몰랐을 것이다. 그때 내 마침표는

"같이 먹어요."라는 세 번째 의미를 담고 있었다는 사실을.

*

엄마가 집을 떠나고 나서야 아빠는 겨울잠을 끝내고 동굴 속에서 나왔다. 아빠표 음식은 대개 국거리용 돼지고기를 넣은 김치찌개와 오래돼 생기를 잃은 흰쌀밥이 전부였다. 돼지고기 김치찌개가 물리는 날이면 아빠는 연구실 과학자처럼 갖은 재료를 꺼내놓고 새로운 시도를 했다. 먹다 남은 국에 냉장고에 있는 온갖 재료를 때려 넣고 라면을 끓인다거나 냉동 식품 찌개를 끓이는 날도 있었다. 엄마의 빈자리로 시린 바람이 새어들어 집 안 곳곳에 찬 기운이 돌았다. 우리는 뜨거운 음식을 먹으면서도 따뜻하다 느끼지 못했다. 내내 엄마의 음식을, 그리고 엄마를 그리워했다.

가족 몰래 어쩌다 엄마를 만나는 날이면, 우리의 그리움에 대하여 있는 그대로 말하리라 그렇게 몇 번씩 다짐했다. 어떤 다짐도 현실이 되지 못했다. 중학교 3학년. 나는 아직 어린 나이였음에도 엄마가 지금 지내는 공간에 가서 엄마가 해주는 음식을 먹고 싶다 떼를 쓰지 않았다. 행여 잠깐 만나는 이 시간조차 엄마가 버겁게 여겨 전화번호를 바꾼다거나 영영 연락이 닿지 않을까 그게 두려웠다.

"밥은 잘 챙겨 먹고 다니니."

이번 마침표는 어떤 의미인지 모르겠다는 생각을 했다. 고깃집에 마주 앉은 엄마는 내내 고기를 굽기만 했다. 왜 안 먹냐는 내 질문에 엄마는 고기를 좋아하지 않는다고 말했다. 처음이었다. 그러면 고깃집을 왜 오냐는 타박에 엄마는 네가 좋아하니까, 라는 이유를 덧붙였다. 외할머니를 닮아 후각이 예민한 엄마가 먹지 못하는 음식이 많다는 사실은 조금 더 시간이 지난 후에야 알게 됐다. 엄마가 먹지 않는 고기가 많다는 사실을 몰랐던 우리는 외식 때마다 고깃집을 갔고, 엄마는 생선 비린내를 끔찍하게 싫어하면서도 아무 말 없이 생선을 구웠다. 엄마도 못 먹는 음식에 대해 말하지 않았지만, "엄마는 어떤 음식을 좋아해?"라고 우리 중 어느 누구도 먼저 물어봐 주지 않았다.

✳

고등학교 3학년, 우리는 다시 매일 서로의 끼니를 걱정하는 사이가 되었다. 변화가 있다면 엄마는 보다 안정적인 직장을 구했고 아홉시에 출근해 여섯시에 칼같이 퇴근하는 삶을 살았다. 그로부터 얼마 후 나는 수능을 봤고, 엄마는 따듯한 도시락을 손에 쥐여주는 일로 미안했다는 말을 대신했다.

대학에 들어가고부터는 밤늦게 집에 들어가거나 아예 집에 들어가지 않는 날이 잦아졌다. 반대로 집에 있는 시간이 길어진 엄마는 어린 시절의 나처럼 틈만 나면 전화를 걸었다. 텅 빈 집이 만드는 공허를 아는 나는 엄마의 이유 없는 전화에 몇 번 부리나케 집으로 갔다. 그러나 이내 대학 생활에 적응하고부터는 엄마의 쓸쓸함보다 중요한 일들이 많아졌다.

"밥은."

"먹었어. 엄마는."

어느 순간부터 주객이 전도됐다. 엄마의 마침표는 "밥 좀 같이 먹자."라고 하는 세 번째 의미였지만 내 마침표는 "얼른 챙겨 먹어." 하는 두 번째 의미였다. 우리의 방향은 늘 그렇게 엇갈렸다.

—

엄마도 못 먹는 음식에 대해 말하지 않았지만,
"엄마는 어떤 음식을 좋아해?"라고
우리 중 어느 누구도 먼저 물어봐 주지 않았다.

엄마의 끼니 걱정

나도
딸이 처음이라서

엄마와 잠시 떨어져 살게 되었을 때, 엄마 짐을 정리하다가 장롱 안쪽에서 오래된 일기장을 발견했다. 나는 마치 금서를 발견한 사람처럼 오래된 일기장을 품에 안고 내 방으로 들어왔다. 방문을 잠그고 독특한 무늬가 그려진 연두색 일기장 표지를 가만 들여다봤다. 지금은 표지에 새겨진 그림이 어떤 모양이었는지 명확하게 기억나지 않지만, 낡은 연두색 표지에 손때가 덕지덕지 남겨져 있었노라 기억한다. 그때 나는 이게 전부 엄마가 남긴 흔적일까, 엄마의 어떤 날들에 관한 기록일까, 그런 생각을 하며 잔뜩 긴장했었다.

막상 첫 페이지를 넘기려고 하니 나도 모르게 침이 꼴깍 삼켜졌다. 매번 장난처럼 다리 밑에서 주워왔다고 하는 엄마의 농담이 정말 거짓인지 확인해볼 찬스라 생각했다. 장난스레 스친 생각 때문에 괜스레 손에 힘이 들어갔다. 잠깐이지만 정말 나를 다리 밑에서 주워왔다는 일기가 적혀 있다면 어떻게 해야 하나, 걱정하기도 했다. 일기장은 손가락 한 마디만한 자물쇠로 걸어 잠그는 방식이었다. 쇠로 된 자물쇠 부분은 잔뜩 녹이 슬어 있었다. 손을 가져가자 자물쇠에서 녹가루가 조금 떨어졌다. 오래되어서 삭은 탓인지 아니면 주인이 원래부터 숨길 생각이 없어서인지 손길 한 번에 자물쇠가 톡 하고 문을 열어주었다. 그렇게 나는 생각보다 쉽게 엄마의 과거로 걸어 들어갔다.

모르고 살았다. 내가 태어나서 가장 먼저 배운 단어는 엄마였고, 자라면서 그 단어가 엄마의 이름이자 직업이라고 믿었다. 내가 어른이 되어가는 과정에서 엄마와 함께 성장했듯, 엄마도 엄마가 되어가는 과정에서 나와 함께 성장했다는 사실을 그날 비로소 깨달았다. 엄마도 엄마가 되기 전에는 나와 다르지 않은 미성숙한 어른이었구나, 동질감을 느꼈다. 나랑 많은 면에서 닮았을 엄마의 젊은 날을 어렴풋이 떠올려보기도 했다.

오래된 일기장에는 엄마의 20대부터 30대 시작까지의 시간이 고스란히 담겨 있었다. 앞 페이지에는 엄마가 김담미라는 이름으로 살던 시절, 결혼을 하며 스스로를 엄마라는 틀에 가두기 전 삶에 대해 기록돼 있었다. 고등학교를 졸업하자마자 제약 회사에 취직한 엄마는 나처럼 평범하게 회사에 다니고 열렬하게 사랑을 했다. 회사원으로 살면서 느꼈던 고단함, 오빠가 선물처럼 찾아와 오래 다니던 직장을 그만두어야 했을 때의 고충이 엄마의 세상 안에 고스란히 적혀 있었다. 아빠와 7년 동안 연애하면서 느꼈던 감정은 내가 오래 만난 남자친구와 연애를 하는 동안 느꼈던 감정들과 별반 다르지 않았다.

일기장에 의하면 엄마도 나처럼 평범한 여자아이로 태어나 어른이 되었고, 회사에 다니다 결혼을 해서 아내가 되고 이후 우리를 낳아 엄마가 되었다. 머리로는 이미 다 알고 있는 사실이었다. 자라면서 이따금 마음이 그 사실을 잊어 엄마를 울게 만드는 날이 많았다. 마치 엄마는 처음부터 엄마였던 것처럼 여겼으며, 심순덕 시인의 시구처럼 엄마는 당연히 그래도 되는 줄 알았다. 서른이라는 나이가 코앞으로 다가올 때까지 나는 엄마도 여자라는 사실을 내내 모르는 척하고 살았다. 처음이라 서툴렀던 엄마의 말처럼 나도 딸이 처음이라서 서툴렀고, 딸이라는 무기를 들고 이기적으로 굴었다. 마치 가장 가까운 타인처럼 엄마를 대했다. 엄마를 나와 가장 가까운 사람이라고 생각해 모든 고민을 털어놓고 의지하면서도 때때로 내가 상처를 받거나 벅차게 여길 엄마의 아픔은 모른 척하고 살았다.

유치원에 나를 맡기고 돌아서는 엄마의 마음이 어떠했을지, 점심 때마다 내 도시락을 배달하는 우렁각시 엄마는 정작 자신의 끼니를 제대로 챙기는지 어린 나로서는 알 길이 없었다. 남들이 다 다니는 학원을 보내 달라 떼를 쓰는 내게 엄마는 빠듯한 형편에도 서슴없이 학원을 끊어주었다. 학원비가 밀려 친구들 앞에서 창피를 당해야 했던 나는 지금 앞에 놓인 내 상처가 더 커 돈을 내놓으라 엄마를 닦달했다. 어릴 때는 엄마의 마음을 모르고 살았고, 어느 정도 자라 모든 사실을 알게 된 뒤에도 엄마에게 내색하지 않았다. 내가 엄마의 아픔을 알고 있다고 하면 엄마는 그대로 무너져 내려 "그래, 엄마도 이만큼이나 힘들어. 그러니까 너도 참아!"라고 말할까 두려웠다. 그때는 딸이라는 특권을 손에 쥐고 엄마를 뒤흔드는 날이 잦았다.

"엄마도 젊었을 때는 내성적인 아이였어."

"말도 안 돼!"

이를 악물고 살다 보니 성격도 변하고 마음도 단단해졌다는 엄마의 말을 일기를 읽으며 믿게 되었다. 엄마의 과거 속에는 할 말이 생기면 집이 떠나가라 잔소리를 퍼붓고, 우리 가족에게 해를 끼치는 사람에게 악담도 서슴없이 쏟아내는 엄마가 없다. 네 모든 행동이 자신의 책임이 된다며 사소한 실수에도 크게 화를 내던 엄마는 전혀 찾아볼 수 없다. 스무 살 엄마는 그저 수줍음 많고 사람과의 관계가 고민인 여린 숙녀였다. 회사에서 속상한 일이 있으면 일기를 적으며 스스로를 달래고, 남자친구에게 미처 전하지 못한 말을 일기장에 적어두는 일로 자신의 마음을 헤아리는 여자였다.

엄마라는 자리가 여린 숙녀를 드센 엄마로 만들었다. 가족 모두가 제자리에서 온전한 하루를 살아갈 수 있도록 엄마는 혼자 우두커니 엄마의 자리를 지켰다. 내가 어른이 될 때까지 엄마는 한 번도 자신의 방이나 침대를 가져본 기억이 없다. 귀가가 늦어지는 가족을 기다리며 거실에서 TV를 보다 잠들고, 열이 펄펄 끓는 내 머리맡에 앉아 밤을 지새우기 일쑤였다. 우리 집 이곳저곳 엄마 손길이 닿지 않은 곳이 한 곳도 없는데, 정작 엄마를 위한 자리는 어디에도 없었다.

김담미가 아닌 엄마로서 작성한 일기는 오빠가 태어나고 자신에게 찾아온 변화를 적어 내려간 글로 시작했다. 아직은 아이를 키우는 일이 서투르고 벅찬 20대 후반의 엄마. 아이가 보채는 이유를 알지 못한 채 혼란스러워 하던 초보 엄마는 아이가 잠든 시간 짬을 내 매일같이 일기를 작성했다. 아이가 어떤 행동을 보이고 그로 인해 자신에게 어떤 감정의 변화가 찾아왔는지 빼곡하게 적혀있었다. 아이가 부리는 애교에 마음이 녹다가도 잠깐 새에 어딘가 다친 아이를 보고 놀란 가슴을 쓸어내리는 일이 많다고 고백했다. 이 모든 부담을 왜 홀로 짊어져야 하는지에 대한 고민도 적혀 있었다. 엄마라는 직업으로 살면서 얼마나 많은 눈물을 소리 죽여 흘려야 했을까. 어린 엄마가 육아를 처음 시작하면서 겪어야 했던 감정 노동을 조금이나마 헤아릴 수 있었다.

엄마의 일기는 오빠가 태어나고 얼마 뒤에 끝이 났다. 자신의 자리 하나 없이 엄마라는 자리에서 살아온 엄마에게는 일기를 작성할 시간조차 허락되지 않았던 걸까. 엄마는 살면서 몇 번이나 이 일기를 다시 들여다봤을까. 비밀을 알아버렸다는 사실에 죄책감을 느끼면서도 엄마가 지금의 자신보다 결혼 이전의 삶을 더 좋아하지 않을까 겁이 났다. 정확히는 질투가 났다. 아직 어렸던 나는 엄마가 이 일기를 다시 읽고 김담미라는 삶으로 영원히 돌아가버릴까 무서웠는지도 모른다.

엄마 옷가지는 가방에 모두 옮겨 놓고 일기장만 다시 장롱 안쪽에 넣어 두었다. 일기장이 여기 있다면 엄마가 엄마의 자리로 다시 돌아오리라 믿었기 때문이다. 엄마가 처음이라서 우리를 키우며 복잡미묘한 감정에 사로잡혔듯, 나도 딸이 처음이라서 한편으로는 엄마가 안쓰러웠지만 엄마를 잃고 싶지 않은 욕심이 더 컸다.

엄마도 엄마가 되어가는 과정에서
나와 함께 성장했다는 사실을 그날 비로소 깨달았다.

착한 아이 콤플렉스와
착한 엄마 콤플렉스

우리가 아직 어렸을 때, 그러니까 엄마가 아직 30대이고 내가 10살이 채 되지 않았을 때 우리는 세상으로부터 어떤 마음을 강요받고 어떤 압박감을 견뎌내야 했던 걸까. 엄마는 왜, 그리고 나는 왜 이토록 서로에게 약한 존재가 되어 스스로 살을 깎는 고통 속에서도 상대를 먼저 헤아리려 했던 걸까. 누가 엄마에게 모성애를 가져야 한다 강요하고, 누가 나에게 자신의 삶과 자식을 두고 갈등하는 엄마의 마음을 이해하는 착한 딸이 되라고 압박감을 주었을까.

엄마는 나를 사랑하지 않는구나. 어려서는 종종 그런 생각을 했어. 친구 엄마들이 친구에게 해주는 사소한 일이 당연하다고 여겼거든. 충분히 그럴 나이였잖아. 교과서 속 엄마라는 존재는 자식에 대한 열렬한 사랑을 보여주는 사람이었고, 친구 엄마들은 교과서와 크게 다르지 않았어. 친구와 매일같이 시간을 보내고, 친구가 학교에서 돌아오면 밥을 차려주며 "오늘은 무얼 배웠니?"하고 다정하게 물어왔어. 때때로 아이들 여럿을 불러 맛있는 음식을 잔뜩 차려주며 파티를 해주기도 했지. 그러면서 "우리 아이와 친하게 지내야 해."라고 당부했어. 지금 와서 고백하는 건데, 그런 엄마를 둔 친구에게는 유독 못되게 굴었어. 질투에 눈이 멀어 그랬던 것 같아. 교과서와 다른 건 우리 엄마뿐이구나, 그렇게 생각하며 살았거든.

학교에서 모성애라는 단어를 처음 알게 된 날 조금은 낯선 단어라고 생각했어. 모성애가 어떤 형태로 엄마 마음에 존재하며, 그게 다시 어떤 형태로 아이에게 전달되는지까지 정확하게 배우지 못했거든. 그저 엄마라면 당연히 가지고 있어야 할 선천적인 본능 정도의 감정이리라 미루어 짐작하는 일이 내가 할 수 있는 일의 전부였어. 자라면서 엄마 마음속의 모성애는 어떤 형태인지 찾아내기 위해 부단히 노력했던 것 같아.

친구 집에 놀러 간 나는 늘 어렴풋이 기억나는 엄마의 목소리가 "오늘 하루는 어땠니?"하고 물어봐 주는 다정한 상상을 했어. 괜히 쓸쓸해져서는 우리 엄마도 다정한데, 하고 뜬금없이 말하기도 했지. 그러면 친구 엄마들은 대부분 안쓰러운 표정을 지었어.

"네 엄마는 힘들게 일도 하시고 다정하기까지 하시다니. 정말 좋은 분이구나."

엄마는 좋은 사람인데, 그런 엄마를 다른 엄마와 비교하는 나는 나쁜 아이구나 깨달았어. 나도 착한 딸이 되어야 한다고 다짐했지. 그때부터 나는 착한 아이 콤플렉스를 가진 아이로 자랐어. 엄마 앞에서는 슬프고 아픈 마음보다 즐거운 마음을 보여줘야 한다 스스로를 채찍질했지. 생일날 아침, 엄마가 오늘도 늦는다며 친구들과의 파티를 위해 용돈을 쥐여줄 때는 웃는 얼굴로 감사하다 말했어. 그 돈으로 친구들에게 맛있는 음식을 사주고는 우리 엄마가 준 돈으로 사주는 거야, 하고 강조해 말했지. 우리 엄마가 가진 모성애는 형태가 조금 다를 뿐이라는 사실을 다른 친구들이 알아줬으면 했나 봐. 어쩌면 이해하지 못하는 나 스스로에게 하는 말이었을지도 몰라.

*

우리가 조금 더 자랐을 때, 그러니까 엄마가 40대가 되고 나도 자아가 만들어지기 시작하는 10대로 훌쩍 자랐을 때 우리는 서로를 너무 몰라 싸울 때가 많았지. 엄마는 더 힘들어진 가계를 꾸리며 여전히 모성애를 강요받았고, 나는 그런 엄마를 헤아리고 떼를 쓰지 않는 착한 아이가 되어야 한다는 압박감을 갖고 살아야 했잖아. 우리는 여전히 처음 겪는 상황과 처음 느낀 감정에 허덕이며 서투른 관계를 이어나갔어. 지금 와서 돌이켜보면 그때 나는 자라면서 엄마한테 받지 못한 것들만 기억하는 떼쟁이가 되어 있었어. 다만 착한 엄마처럼 착한 아이가 되기 위해 그 모든 감정을 억누르고 살아야 한다 믿었지.

조금 더 성숙해진 나는 모성애라는 단어가 가진 뜻보다 그 속을 들여보기 시작했어. 한창 소설에 빠져 살았던 중학교 때 모성애가 선천적인 감정이 아니라는 사실을 처음 알게 됐어. 엄마이기 전에 한 사람이 있고, 엄마도 엄마가 되기 위해 부단히 노력해왔구나 헤아리는 법을 배웠지. 내가 홀로 10대가 되지 않았듯, 엄마도 홀로 엄마가 되지 않았다는 사실이 어린 내 머리를 강타했어. 그때부터였던 것 같아. 모성애가 후천적인 감정이라면 함께 채워가면 된다, 하는 생각을 하게 된 게. 엄마가 종종 "너무 힘들어서 네가 다 크고 나면 이 집을 떠날 거다."라고 말했었잖아. 나까지 떼를 쓰거나 눈물을 보이면 엄마가 힘들어지고, 그러면 엄마는 모성애라는 감정을 채워나갈 수 없다 생각하며 살았어.

엄마가 집을 떠났을 때는 더 착한 아이로 살지 못했음에 스스로를 책망했어. 엄마가 모성애를 강요받으며 느꼈을 압박감, 거기에 더해진 가장의 삶을 헤아릴 나이는 아니었잖아. 내가 또 무얼 잘못했구나, 그렇게 생각했어. 그동안 차근차근 채워나가고 있던 모성애가 와르르 무너져 내려 다시 0이 되었어. 모성애는 후천적인 감정이지만 누구에게나 생기는 감정이 아니구나, 생각했지. 엄마를 오해한 거야. 엄마에겐 모성애보다 자기애가 더 중요하구나, 하면서 말이야.

고등학생이 되고 공지영 소설에 빠져 살았어. 〈즐거운 나의 집〉은 다섯 번 정도 읽었어. 엄마가 집을 떠나고 너무 일찍 철이 든 딸이 사춘기를 보내는 감정을 하나하나 오롯하게 느끼면서 매일 밤을 눈물로 보냈어. 그리고 엄마를 만나는 날마다 엄마를 이해한다고, 내가 더 잘하겠다고 편지를 썼지. 사실은 엄마는 그러면 안 된다, 엄마가 더 참았어야 했다는 그런 글을 적어야 하나 숱하게 망설였어. 엄마도 자신의 삶을 택했듯이 나도 엄마를 헤아리는 일보다 내 상처를 엄마에게 내비치는 일을 우선에 두어도 되지 않을까, 생각하곤 했거든. 그런 내용이 담긴 편지는 엄마에게 보낼 수 없었지만 말이야.

아직 모성애에 대한 희망을 버릴 수는 없었어. 집을 떠났을 때도 엄마는 내 연락만큼은 모두 받아줬잖아. 나 때문이 아니라고 믿고 싶었나 봐. 그래야 버틸 수 있었거든. 계속해서 마음의 문을 두드려야 한다고 믿었지. 스스로를 먼저 생각해야 하는 때에도 엄마 입장에서 생각하기 바빴어. 계속 착한 딸로 남아 엄마를 돌봐야 엄마 모성애가 다시 충전될 수 있다 믿었거든.

정작 나 자신을 돌보지 못하는 시간을 보내며 나도 〈즐거운 나의 집〉 주인공 위녕이 엄마 집으로 갔던 18살이 되었어. 한 고교백일장에서 가작을 받은 내게 엄마가 무슨 내용으로 글을 적었느냐고 물었었지? 그때는 비밀이라며 아무 말도 해주지 않았잖아. 사실은 우리에 대한 이야기를 썼어. '그것은 불신이었다.'라는 첫 문장으로 시작하는 짧은 글을 쓰라는 미션이 주어졌고, 미션을 받자마자 우리 이야기를 한 치의 망설임도 없이 써내려갔어.

나를 사랑한다고 믿어왔던 엄마가 떠났고 엄마가 우리가 아닌 스스로를, 그리고 다른 이들을 더 사랑하게 되는 일이 얼마나 서러웠던지 글을 쓰는 연필이 바삐 움직였어. 중간 지점까지 설움을 토해내느라 진땀을 뺐어. 엄마에게 한 번도 말하지 못했던 말들이었지. 결말에 다다라서는 갈림길과 마주해야 했어. 문득 엄마가 이 글을 보게 될지도 모른다는 생각이 들었거든. 결국 글에서도 나는 거짓말을 했어. 엄마를 다 이해한다고, 이제 그

178

만 엄마와 화해를 하려 한다고. 그렇게 결말을 써야 하는 착한 아이 콤플렉스를 가진 나는 속으로 수많은 눈물을 흘렸어.

엄마, 많이 힘들었을 텐데 오빠와 내가 잘 자라주어서 고맙다고 했지. 삐뚤어지지 않고 착한 아이로 자라주어서 엄마 친구들도 대견스럽게 생각한다고. 사실 나는 너무 버거웠어. 고교백일장이 끝나고 나오는 길에 나는 제일 먼저 초고가 적힌 종이를 갈기갈기 찢어 쓰레기통에 버렸어. 엄마에게 보여줄 용기도 없었을뿐더러 글로라도 내 속마음을 털어놓을 수 없다는 사실이 조금은 억울했거든. 그날 집으로 돌아와서 다시 그 내용을 적어두려고 했는데, 하나도 기억나지 않는 거야. 내가 어떤 결말을 적었는지. 진심에서 우러나와 쓴 글이 아니라서 그랬나 봐.

✳

엄마가 50대가 되고 내가 내 삶을 찾아가는 20대가 되었을 때, 나는 모든 걸 다 훌훌 털어버렸어. 사실은 이따금 엄마와 싸울 때마다 그때의 감정들이 저 밑바닥 어딘가에서 스멀스멀 모습을 드러내려고도 해. 그때마다 나는 괜찮다, 스스로를 다독일 수 있을 만큼 이제는 몸도 마음도 자랐어.

다 크고 나서야 엄마 모성애가 얼마나 컸는지 느낄 때가 많아. 엄마도 사실은 착한 엄마 콤플렉스로 오랫동안 고생했다는 사실도 알아. 어릴 때는 사랑에 목이 말라서 미처 보지 못했던 마음이 많았어. 모성애가 없었다면 그때까지 엄마가 버틸 수 없었다는 사실도, 그렇게 나를 위해 희생하는 삶을 살 수 없었다는 사실도 알아. 다만 엄마는 다른 엄마보다 표현하지 않았던 거고, 나는 다른 아이보다 더 둔했던 거야.

　나는 어른이 되어서야 모성애의 형태를 강요할 수 없다는 사실을 깨달았어. 강요한다고 무한하게 생겨나는 감정도 아니고 굳이 강요하지 않아도 어느 순간 커지는 감정이라는 사실도 알았어. 이따금 내가 찾아 헤맸던 모성애는 애초부터 형태가 없었던 거야. 내가 엄마가 주는 사랑을 미처 다 느끼지 못하고 살았듯이. 모성애의 형태를 강요할 때마다 엄마가 더 힘들었을 거라는 사실도 이젠 알아. 살면서 나도 엄마가 미웠던 나날이 많았듯, 엄마도 내게 서운했던 날이 많았겠구나 생각하거든. 우리 이제는 각자의 콤플렉스에서 벗어나 오롯이 자신을 위해서 살자.

우리 이제는 각자의 콤플렉스에서 벗어나
오롯이 자신을 위해서 살자.

제 5장

쉼, 잃어버린 당신을
되찾아 갈 때

엄마가 오늘을 오늘로 끝내고,
내일이라는 시간을 계획하고,
모레를 꿈꾸며 사는 법을 배웠으면 좋겠다.

엄마가
집을 떠날 때

　엄마는 홀로 떠날 채비를 마쳤다. 엄마의 마음이 먼저 집을 떠나고 얼마 지나지 않아 엄마는 근사한 새집을 구했다. 더는 간섭을 받지 않아도 된다는 사실에 속이 후련하면서도 어딘가 쓸쓸한 날들이 이어졌다. 엄마가 떠나고 함께 누웠던 방에 홀로 누워 시간을 더듬었다. 이곳에서 함께 TV를 보고 밥을 먹었으며 싸우고 화해하길 반복했다. 내가 화를 내는 날만큼 엄마가 우는 일도 잦았다. 시간을 가만가만 돌려보던 나는 어느 시간에 멈추어서는 꽤 오래 출구를 찾지 못했다.

　공허가 방안을 가득 메운 날에는 일부러 해가 기우는 방향으로 머리를 대고 누워 밤을 기다렸다. 내 안부 전화에 대한 엄마의 답은 잘 있어, 라는 말이 전부였다. 밤이 되어도 엄마가 돌아오지 않는다는 사실을 인정하기까지 꽤 오랜 시간이 걸렸다. 돌아갈 둥지를 잃은 내가 가느다란 나뭇가지에 의지한 채 허우적거리는 사이, 엄마는 이제 막 날갯짓을 깨우친 아기새가 되어 저 멀리 날아가 버렸다.

*

"딸, 엄마 독립할래."

엄마가 뱉은 말의 뜻을 이해하기까지 한참이 걸렸다. 엄마와 다시 살게 된 지 몇 년이 되지 않은 나로서는 독립이라는 단어가 가진 의미를 쉽게 이해할 수 없었다. 엄마 친구들은 손자가 떠는 재롱을 하루의 낙으로 삼고, 아들딸이 주는 용돈으로 팔도를 놀러 다니며 일 년에 한 번씩 꼭 해외여행을 다녔다. 그 시간이 얼마 남지 않았다고 우스갯소리로 말하던 나로서는 도통 이 상황을 이해하기 어려웠다. 딸이 시집을 간다고 집을 떠나도 이상하지 않을 나이에, 오십을 넘긴 엄마가 독립을 한다니.

왜. 또. 퉁명스러운 말투로 이유를 따져 묻는 내게 엄마는 계약서 한 장을 내밀었다. 부동산 아주머니가 참 싹싹하다는 말을 30분 넘게 이어온 엄마는 독립 선언으로 그 끝을 맺었다. 갱년기를 정통으로 지나고 있는 엄마의 투정이라고 웃어넘겼던 일이 현실이 되어 눈앞에 들이닥쳤다. 엄마는 어떠한 이유도 설명하지 않았다. 단지 혼자만의 공간이 필요하다고 했다.

겁이 많아서 밤마다 불도 못 끄고 TV까지 켜놓고 자는 사람이 독립은 무슨 독립이야. 혼자 산다는 건 위험한 일이 있을 때는 물론이고 매일 밤 아니, 종일 옆에 아무도 없다는 거야. 밥은 또 어떡할 거야. 혼자서는 밥도 잘 안 먹잖아. 그렇다고 엄마가 배달 음식을 시켜 먹을 것도 아니고. 요샌

무릎이랑 허리도 아프기 시작했다면서 집 청소는 혼자 다 할 거야? 당장 전자제품이나 가구 살 돈이 또 어디 있냐고. 그건 그렇고 엄마는 우리 없이 살 수 있어? 숨도 쉬지 않고 머릿속에 있는 말을 아무렇게나 꺼내놓으면서 깨달았다. 아직 준비가 되어 있지 않은 쪽은 오히려 나였다. 엄마가 나를 품어주었던 우리의 둥지를 잃을까 아등바등하는 꼴이 나조차 안쓰러웠다.

"엄마도 성인이잖아. 걱정 마."

뜻밖의 대답이었다. 차라리 너도 이제 성인이니까, 라고 회유책을 썼다면 아직은 준비가 되지 않았다고 단호하게 잘라 말할 수 있었을까. 그러면 중학교 때의 일을 말하며 나는 아직도 상처가 많은 아이라고 투정을 부릴 수 있었을까. 엄마 없인 살 수 없다고 말하는 내게 엄마는 조금의 틈도 없이 강경하게 대답했다. 어떤 필사의 노력을 해서라도 되돌려 놓으려고 했지만 엄마의 마음은 이미 집을 떠난 뒤였다.

엄마는 우리 집에서 5분 거리에 있는 다세대 주택에 새집을 얻었다. 내가 어렸을 때부터 중학생이 될 때까지 살았던 낡고 허름한 다세대 주택. 일층이라 계단을 오르내릴 때 힘들 일은 없겠지만 어쩐지 엄마 혼자 살기엔 조금 불안하다는 생각도 들었다. 어쨌든 새로운 다세대 주택은 부르기도 생소한 '엄마 집'이라는 애칭을 얻었다. 그렇게 엄마와 나는 서로에게서 독립을 선언했고 우리는 이상한 이산가족이 되었다.

엄마는 이삿짐센터를 부르지 않았다. 며칠 더 우리 집에 머무르면서 엄마 집에 도배 장판을 새로 하고 지인을 통해 전자제품과 가구를 하나씩 들였다. 마지막으로 새 침대 매트리스가 도착하던 날 엄마는 옷가지와 화장품을 챙겨 '우리 집'을 떠났다. 이제 '우리 집'은 '우리'를 잃고 그냥 집이 되었다. 엄마를 기다리면서 시간을 보내던 둥지가 텅 비어 휘휘 공허한 소리를 냈다. 둥지를 이루는 나뭇가지 사이로 찬바람이 새어 들어왔다. 이젠 그 바람을 막아줄 이가 없었다. 하릴없이 엄마를 대신해 그 찬바람과 며칠을 함께 살았다.

엄마의 짐이 모두 빠져나간 자리는 마음의 빈자리만큼 크지 않았다. 안방도 주방도 거실도 모두 엄마 자리였지만 어느 것 하나 변하지 않았다. 온통 엄마의 공간이면서도 엄마의 공간이 아닌 곳뿐이었다. 엄마의 오랜 친구들은 독립을 축하한다며 전자제품과 필요한 가구를 선물했다. 나머지 가구는 중고 가구점에서 채웠다. 엄마의 빈 자리를 말해주는 곳은 옷가지가 빠져나간 안방 장롱뿐이었다. 엄마 마음이 조금은 이해가 갔다. 우리와 함께 살면서 엄마는 자신의 몸 하나 편히 뉠 공간이 없었다. 엄마는 그저 어느 누구에게도 방해받지 않을 자신만의 19호실을 갖고 싶었는지도 모른다.

엄마 집에는 한동안 아무도 초대되지 않았다. 엄마만의 19호실을 방해하지 말라는 내 엄포가 있었지만 엄마도 딱히 누군가를 들이지 않았다. 먼저 문을 두드린 쪽도 나였다. 고장 난 보일러를 핑계로 엄마 집에서 하룻밤을 머무르기로 했다. 현관으로 들어서자 거실에 아무렇게나 널브러진 짐들이 가장 먼저 눈에 들어왔다. 먹다 남은 음식이 식탁을 전부 차지했고 싱크대는 설거짓감이 한가득이었다. 목 끝까지 차오르는 쓴소리를 삼키고 금단의 구역으로 들어섰다.

짐더미 사이로 한 사람이 지나다닐 정도의 좁은 길이 나 있었다. 비밀의 방으로 이어지는 통로처럼 보였다. 그 길 끝은 엄마 방으로 이어졌다. 오히려 안심이 됐다. 엄마의 19호실에서조차 쓸고 닦으며 하루를 보내진 않을까, 걱정을 하는 참이었다. 이 집에서 엄마가 자신을 위해 사용하는 공간은 이 작은 방 하나였다. 종종 생각에 잠기고 때로는 아무것도 하지 않는, 그저 두 발 뻗고 잠들 수 있는 공간. 엄마는 딱 이만큼의 공간이 필요해 집을 떠났다. 아니, 우리는 엄마에게 고작 이만큼의 공간을 내어주지 않아 엄마를 떠나보냈다.

우리는 예전처럼 엄마 방 침대에 나란히 누워 밤을 지새웠다. 오래된 다세대 주택은 이가 빠진 사람처럼 어딘가 하나둘 삐거덕거렸고 주변 소음이 다 들릴 정도로 방음이 되지 않았다. 윗집에 사는 누군가가 퇴근하는 소리, 사람 발소리에 놀라 개가 짖는 소리, 새벽에 잠깐 짐을 가지러 차에 가는 소리까지 속속들이 알 수 있었다. 무섭지 않냐는 질문에 엄마는 TV 틀어 놓으면 돼, 하고 심드렁하게 답했다. 나는 엄마가 떠나고 한동안 찬바람이 불던 집 이야기를 시작으로 밀렸던 투정을 쏟아냈다. 그리고 미안하다는 말을 덧붙였다. 마음의 자리에 비해 엄마의 공간이 이렇게 작은 줄 몰랐다고. 없어 보니까 알겠지? 장난 섞인 말로 받아치는 엄마의 목소리가 미세하게 떨렸다. 이제 우리는 하루의 끝에서 오늘을 묻는 대신 어느 날의 끝에 서서 그동안의 안부를 물었다. 공유하지 않는 시간이 늘어갈수록 서로를 더 궁금해하고 서로의 시간에 대해 더 깊이 생각하게 됐다.

"쉬는 날에는 혼자 무얼 해?"

"아무것도."

"엄마는 왜 진작 19호실을 만들지 않았어?"

"무슨 말이야?"

"왜 엄마만의 공간을 만들지 않았냐고."

"살다 보니까. 하루 이틀 미루게 되고. 그러다 보니 이렇게 나이가 들었네."

집을 떠나기 전 엄마가 이런 말을 한 적이 있다. 엄마는 오늘이 내일로, 내일이 다시 모레로 이어지지 않아. 오늘이 그저 다른 오늘로 이어지는 기분으로 하루하루를 살아. 끝은 없고 오늘만 영원한 시간 속을 산다고 했다. 똑같은 하루를 살며 얼마나 지루하고 힘들었을까. 그날 눈을 감으며 엄마가 제법 튼튼한 새 둥지를 얻어 다행이라고 생각했다. 그 둥지 안에선 엄마가 오늘을 오늘로 끝내고, 내일이라는 시간을 계획하고, 모레를 꿈꾸며 사는 법을 배웠으면 좋겠다.

엄마는 딱 이만큼의 공간이 필요해 집을 떠났다.
아니, 우리는 엄마에게 고작 이만큼의 공간을 내어주지 않아
엄마를 떠나보냈다.

엄마 이름
불러주기 프로젝트

엄마는 시간이 흘러 길치가 되었다. 복잡한 서울역사에서 쉽게 길을 잃었고, 빠르게 변해버린 서울 풍경을 낯설어했다. 단순히 출구를 찾지 못하고 다른 방향 열차를 타는 일보다 자신이 나아갈 길을 잃은 데에 더 큰 혼란에 휩싸였다. 평생 회사 일과 집안일만 하며 살아온 엄마는 많아진 시간을 앞에 두고 그 시간을 어떻게 써야 할지 막막해하기만 했다.

"이렇게 세상이 바뀔 동안 무얼 하고 살았을까."

엄마가 신세 한탄을 하는 날이 잦아졌다. 엄마는 꽤 자주 자신을 잃어버렸다고 말했다. 자신의 이름 석 자 하나 제대로 불러주는 이가 없다고 서운한 마음을 털어놓았다. 우리 가족은 갱년기가 이렇게 무서운 거구나, 대수롭지 않게 여겼다. 그러고는 여전히 엄마를 엄마라는 단어 외에 다른 호

190

칭으로 부를 생각을 하지 않았다. 엄마는 엄마였고, 그 호칭이 엄마를 병들게 하고 있다고 단 한 번도 생각해본 적이 없기 때문이다.

어느 날은 엄마가 부산에 출장을 갔다가 이모를 만나고 돌아왔다. 이모도 많이 늙었더라, 라고 말하던 엄마가 그래도 이모는 제 일을 묵묵히 해내고 자신의 이름을 지켜서 다행이라고 말했다. 엄마는 이모와 찍은 사진을 자랑스럽게 보여줬다. 이모는 여전히 예쁘고, 여전히 당당한 여자였다. 정장을 정갈하게 차려입고 화장을 곱게 한 채 새하얀 치아를 드러내며 예쁜 미소를 보였다. 그 옆에 있는 엄마는 여전히 쑥스러움 많고 여전히 수줍은 엄마였다. 매번 입는 라운드형 블라우스는 목이 조금 늘어나 있고, 화장을 전혀 하지 않은 수수하고 맑은 얼굴로 입을 꾹 다문 채 수줍은 미소를 보였다.

은행에서 일하는 이모는 결혼 후에도 쉬지 않고 직장에 다녔다. 경력 단절이 여자에게 얼마나 무서운 형벌인지 그 시절 이모도 알고 있었다. 평생 쉬지 않고 일한 이모는 계속해서 승진했고 결국 높은 자리까지 올라갔다. 엄마는 내내 부러워하는 눈치였다. 형편 때문에 대학을 가지 못한 엄마는 고등학교를 졸업하자마자 제약 회사에 취직했고, 결혼 후 아이를 낳자마자 회사를 그만뒀다. 오빠와 나를 낳고 키우느라 몇 년 동안 경력이 단절된 엄마는 갈 길을 잃었다. 학력이나 경력 따위가 없어도 할 수 있는 소일거리를 주로 해야 했으며, 대부분 몸이 고된 노동들이었다.

*

하루는 엄마가 내 옷깃을 잡고 놓아주지 않는 꿈을 꿨다. "엄마 이거 좀 놔줘!" 하고 말해야 하는데 엄마라는 말이 입 밖으로 나오지 않았다. 나는 꿈이라는 사실을 알면서도 식은땀을 흘렸다. 주위에 수많은 사람이 "김담미 씨!" 하고 외칠 때마다 엄마는 점점 더 깊숙이 내 뒤로 숨어버렸다. 다시 "엄마 왜 그래!"하고 외치고 싶었으나 여전히 목소리는 나오지 않았다. 가위에 눌린 게 분명했다. 이러지도 저러지도 못하고 그대로 그 자리에 서서 눈물을 흘렸다. 엄마 손을 잡아 간신히 사람들 앞에 꺼내놓자 엄마가 이번에는 귀를 틀어막았다. 나는 엄마의 양손을 내리려 했고 엄마는 필사적으로 귀를 막았다. 사방에서 엄마 이름을 불러대는 통에 나까지 혼란스러웠고 나는 온몸이 흠뻑 젖어 잠에서 깼다.

놀란 엄마가 악몽을 꿨냐면서 찬물을 가져와 내 등을 쓸어줬다. 나는 땀을 닦으며 어제 길에서 엄마 친구를 만난 이야기를 했다. 엄마 친구가 커버린 나를 알아보지 못한 일을 말하며, 내 이름을 기억하지 못하는지 "담미 딸 오랜만이네."라고 해서 서운했던 일을 털어놓았다. 엄마는 뭐가 그렇게 서운하냐고 했다.

"내 이름을 기억 못 하시잖아. 어릴 땐 거의 매일 보고 살았는데."

"딸, 엄마는 진빈이 엄마로 20년을 넘게 살았어."

"그래서 서운해? 엄마로 살아서?"

"서운할 일도 참 많다."

내 말이 앞뒤가 맞지 않다는 사실을 뒤늦게 깨달았다. 내 이름 하나 불러주지 않았다고 서운해하면서, 20년을 넘게 이름 없이 산 엄마한테는 서운해 하지 말라는 꼴이라니. 속으로 자책을 하는 내게 엄마는 엄마가 되어가는 과정이 재미있었다고 넌지시 말했다. 김담미로만 살다가 처음 엄마가 되었을 때는 자신이 사라지는 게 아닌가, 많이 힘들었다고 했다. 그러다 문득 엄마의 생도 자신의 일부라는 생각이 들었고 이렇게 살 수 있음에 감사해하기로 마음을 고쳐먹었다고 했다. 그렇게 마음먹고 나니 엄마가 되는 과정이 스스로를 성장시킨다고 믿게 되었다고 고백했다. 이따금 네가 속을 썩일 때마다 엄마라는 이름표가 너무 버겁고 무겁게 느껴졌지만, 네가 처음으로 하는 모든 걸 옆에서 지켜볼 수 있다는 사실만으로도 이 직업이 꽤 매력적으로 느껴졌다고 했다.

내가 엄마, 하고 불러줬을 때 비로소 자신은 엄마가 되었고, 어머니 하고 부르던 시절에는 이 아이를 위해 생계를 꾸려야 한다는 막중한 책임감을 느꼈다고 했다. 책임감이 너무 무거워 잠시 나를 떠났을 때도 자신은 여전히 엄마였다고 고백했다. 그런데 아이들이 다 자라고 나니 자신도 잃어버린 날들을 찾아야 하는 게 맞는데, 그 방법을 모르겠다고 털어놓았다.

*

엄마는 회사에서는 여사님으로 집에서는 엄마로 통했다. 대학생 때 방학 기간 동안 잠시 엄마 회사에서 일을 도운 적이 있다. 모두 엄마를 여사님, 하고 부르는데 한 언니가 유독 담미 여사님, 하고 다정하게 불렀다. 나는 언니가 엄마를 부를 때마다 흠칫흠칫 놀라며 엄마를 봤다. 할아버지와 외할머니가 그랬듯 엄마의 이름을 저렇게 다정하게 부르는 언니가 조금은 부러웠다.

사랑해. 담미 씨!

　대학교 리더십 캠프에서 부모님께 사랑한다고 문자를 보내는 미션이 주어졌고, 나는 고심 끝에 여섯 글자를 써서 전송 버튼을 눌렀다. 엄마는 한참 답이 없었다. 1박 2일로 진행되는 캠프였고, 엄마의 반응을 보러 달려가고 싶어도 그럴 수 없는 상황이었다. 나는 더 안달이 났다. 10살을 넘기고 거의 처음으로 엄마한테 사랑한다는 메시지를 보냈다는 사실보다 평소 불러보지 못한 엄마의 진짜 이름을 이렇게 문자로라도 불러줬다는 사실이 더 가슴을 두근거리게 했다.

　몇 분 뒤 엄마는 놀라서 전화를 했다. 다짜고짜 무슨 일 있냐고 묻는 통에 주위는 한바탕 웃음바다가 됐다. 강사가 부모님이 놀라서 전화가 오면 자신을 반성해야 한다고 말하던 참이었다. "수업 중에 보내는 미션이었어." 엄마는 그제야 안심한 목소리로 전화를 끊었다. 나중에 이 일을 두고 따져 묻는 내게 엄마는 그때 자신의 마음을 솔직하게 털어놓았다. 처음 문자를 받아들고는 한참 아무 생각 없이 여섯 글자를 연거푸 되뇌었다고 했다. 평소에 그런 말을 하지 않던 딸이 보낸 사랑한다는 메시지보다 익숙하지 않은 자신의 이름을 한참 들여다보며 '나도 내 이름이 있었지' 생각했다고 했다. 그러다 문득 정신을 차렸는데, 갑자기 공포가 밀려왔다. 대형 화재가 나거나 불의의 사고를 당했을 때 가족에게 마지막 메시지를 남기는 사람들에 관한 뉴스를 떠올렸고 엄마는 곧바로 전화를 걸었다고 했다.

　나는 이후로도 엄마를 종종 담미 씨, 하고 불렀다. 엄마의 진짜 이름을 불러주는 일은 엄마에게도 내게도 일종의 프로젝트 같은 일이었다. 살면서 수많은 호칭으로 불릴 수 있어도 결국 나를 대표하는 이름은 하나라는 사실을 안다. 엄마는 20년이 넘는 세월 동안 자신을 대표하는 김담미라는 이름을 잠시 미뤄두고 엄마라는 이름으로 살았다. '엄마'는 엄마의 이름이자 직업이었던 셈이다. 엄마는 내가 담미 씨, 하고 부를 때마다 기분 좋게 웃었다. 처음에는 낯설어하며 그게 뭐냐고, 엄마랑 맞먹는 거냐고 타박을 주더니 이제는 제법 익숙해진 모양이었다. 이렇게라도 엄마가 김담미라는 이름에 익숙해지고, 다시 자신의 이름으로 사는 날이 찾아왔으면 한다.

이렇게라도 엄마가 김담미라는 이름에 익숙해지고,
다시 자신의 이름으로 사는 날이 찾아왔으면 한다.

휘게(Hygge)

"나는 이제 못 걸어!"

결국 사달이 났다. 꼭두새벽부터 시작한 강행군이 오후까지 계속되자 엄마는 백기를 들었다. 급기야 에보시다케 전망대를 보고 내려오는 길바닥에 주저앉아 버렸다. 차도에 주저앉은 엄마를 보고도 오빠는 말없이 앞서 걸었고, 나는 조금만 가면 된다 북돋우며 엄마를 부축해 걸음을 재촉했다. 엄마가 여행 내내 볼멘소리를 하는 통에 오빠도 나도 엄마만큼이나 지쳐 있었다.

에보시다케 전망대 정자에 앉아 미리 사 온 도시락을 먹으면서도 엄마는 내내 불편한 기색을 드러냈다. 우리가 굉장히 낭만적인 일이라 생각한

휘게(Hygge) : 소박하고 여유로운 일상 속의 행복을 뜻하는 덴마크어이다.

도시락 피크닉이 현실과 만나 난관에 봉착했다. 우리가 앉은 정자로 수많은 관광객이 지나다니고 지나가는 사람마다 우리의 피크닉을 쳐다봤다. 지대가 높아 강한 바람이 우리 사이를 강타했고 배가 고픈 우리는 도시락이 우리 입으로 제대로 들어오고 있다는 사실에 감사했다. 대마도를 360도로 조망할 수 있는 에보시다케 전망대에서 느낀 감동은 잊은 지 오래였다.

우리를 에보시다케 전망대까지 데려다준 택시는 이미 떠났고, 택시를 부르려면 와타츠미 신사까지 걸어서 1시간가량을 내려가야 했다. 와타츠미 신사로 내려오는 동안 우리는 열 대 가까이 되는 관광버스와 마주했으며, 이따금 엄마 또래 한국인 관광객 무리와 마주쳤다. 엄마는 내심 부러워하는 눈치였다. 인도가 없어 차도로 굽이진 길을 내려오는 젊은 남녀와 나이든 여자 하나. 어깨에 더해진 무거운 짐은 시선을 끌기 충분했다. 엄마는 그 시선을 불편해하면서도 분위기를 망치고 싶지 않았는지 오빠와 내 뒤를 묵묵히 따라 걸었다.

엄마가 차도에 주저앉았을 때는 관광버스에서 내린 한국인 관광객이 떠올랐다. 그들의 연령대가 엄마와 비슷하다는 사실에 아차 싶었다. 엄마가 어느새 관광버스를 타고 떠나는 패키지여행이 더 편할 나이가 되어 있다는 사실을 여행에 와서야 깨닫다니. 참 무심한 자식들이라는 죄책감이 들었다. 주변 경관을 보라고, 같이 사진을 찍자고 하며 엄마를 겨우 달래 와타츠미 신사에 도착했다. 엄마가 또 다른 풍경에 감격해 있는 사이 우리는 버스 정류장까지 가는 택시를 불렀다. 택시에서 엄마는 이제는 오래 걸으면 관절이 쑤신다는 등 어색한 핑계를 늘어놓으며 미안한 표정을 지었다. 나는 뒷좌석에 나란히 앉아 엄마의 손을 잡았다.

"얼른 호텔 근처에 가서 밥 먹고 쉬자."

호텔이 있는 히타카츠까지는 버스로 한 시간가량이 걸렸다. 버스에 오른 엄마는 제일 먼저 곯아떨어졌다. 아이처럼 잠이 든 엄마를 보고 있자니 우리가 그동안 참 무심했구나, 하는 생각이 들었다. 엄마 옆에 놓인 커다란 배낭이 오늘의 무게를 가늠하게 했다.

오빠와 셋이 해외여행을 떠나자는 제안에 엄마는 내내 들떠있었다. 우리가 어른이 되고 함께 떠나는 첫 여행이자, 엄마의 첫 해외여행이었다. 우리는 고민 끝에 가깝고 부담도 없는 대마도로 여행 장소를 정했다. 엄마는 태어나 처음으로 여권을 만들었다. 우리가 차 편과 배편, 숙소를 모두 예약했다는 소식을 전하자 엄마는 하루가 멀다 하고 전화를 걸어 무엇을 챙겨야 하는지 체크했다.

어느 날은 밤늦게 전화를 걸어 "아직 한국에 갚지 못한 대출이 조금 있는데, 출국할 수 있을까?"라는 말도 안 되는 걱정으로 웃음을 선사하기도 했다. 나는 내친김에 배에 탈 때는 꼭 신발을 벗고 타야 한다는 농담을 건넸다. 새벽같이 출국 수속을 밟으면서도 엄마는 내내 긴장한 눈치였다. 내 손을 꼭 잡고 무슨 일이 생기면 자신은 외국어를 못 하니 네가 꼭 뒤에 바로 따라와야 한다고 신신당부했다. 그러면서도 준비해온 몇 가지 일본어를 달달 외우는 일을 계속했다.

"아리가또!"

"아리가또 고자이마스."

오빠는 구태여 엄마의 일본어를 고쳐주었다. 엄마는 너무 길다, 하며 어린 소녀처럼 웃어 보였다. 여행을 오기 전까지는 엄마의 소녀 같은 모습에만 취해있었다. 어쩌면 엄마에게 휘게를 선물한다는 뿌듯함에 취해 나이가 들어버린 엄마의 몸과 마음을 생각할 겨를이 없었는지도 모른다. 어린 나를 안고 수없이 많은 언덕을 오르내렸던 엄마가 이제는 계단을 오르내리고 비탈을 내려오는 일에도 쉽게 지쳐버렸다. 새벽마다 호 수로 따지면 몇십 집이 넘는 곳에 어떤 신문과 어떤 우유가 들어가는지 달달 외우던 엄마는 이제 낯선 외국어 여덟 글자를 외우는 일에도 바짝 긴장했다. 야속하게 흐르는 시간에, 속절없는 나이 듦에 서운한 마음이 들었다.

*

히타카츠항 근처에서 저녁을 먹고 호텔로 돌아왔다. 엄마랑 나란히 누워 이런저런 수다를 떨다 나도 모르는 새에 잠이 들었다. 엄마는 그 후로도 한참 잠이 오지 않아 여행 틈틈이 촬영한 사진과 영상을 보며 시간을 보냈다고 했다. 다음 날에도 새벽같이 일어나 뒤척이는 통에 나까지 아침잠을 설쳤다. 엄마가 커튼을 열어젖혀 어두운 방으로 빛이 새어들었다. 나는 새어든 빛을 등지고 돌아누웠다. 어제의 강행군으로 지쳐있는 탓이었다. 엄마는 호들갑을 떨며 나를 흔들어 깨웠다.

"딸, 좀 일어나봐!"

알람이 울리려면 아직 시간이 한참 남았다. 내 미간이 찌푸려지는 걸 본 엄마는 테라스를 가리키며 일출이 너무 예쁘다고 했다. 그러면서 손을 잡아끌었다. 나는 엄마보다 더 큰 호들갑으로 엄마와 새로운 아침을 맞이했다. 우리가 사진을 찍으며 호들갑을 떠는 사이 옆 방에 묵던 백발 할아버지도 테라스로 나와 일출을 캠코더로 담았다. 엄마는 한참 옆 방 할아버지를 쳐다봤다.

엄마가 어떤 생각을 하고 있을지 짐작이 갔다. 엄마는 예전부터 좋은 옷을 입거나 맛있는 음식을 먹을 때, 아름다운 풍경을 볼 때도 외할아버지를 떠올린다고 했다. 문득 오늘 아침이 나에게도 그런 시간이 될지도 모른다는 생각이 스쳤다. 이상하게 더 즐겁게 사진을 찍고 더 호들갑을 떨어야겠다는 마음이 들었다.

엄마는 일본 가정식으로 꾸려진 호텔 조식도 마음에 들어 했다. 엄마가 못 먹는 음식이 많은 탓에 가장 걱정한 부분이었는데, 여행 둘째 날은 무언가 수월하게 진행되는 분위기였다. 우리는 다시 히타카츠항 근처로 이동해 동네를 걸었다. 엄마는 모든 풍경이 신기한 눈치였다.

"일본은 정말 깔끔한 분위기다. 우리랑 별로 다르지 않은 것 같은데 말이야."

진작 함께 왔으면 좋았을 걸, 그런 생각을 하고 있었다. 그날은 동네를 천천히 거닐다가 예쁜 카페에 들어가 수다를 떠는 여유로운 시간을 보냈다. 어제의 강행군으로 우리 모두 지친 탓이었다. 부산으로 돌아가는 배 시간이 다가왔을 때, 우리는 각자 사고 싶은 기념품을 사러 가기로 했다. 엄마는 친구들에게 골고루 나눠줄 작은 기념품을 여러 개 사고 싶다고 했다. 액세서리를 판매하는 가게에서 엄마는 한참 고민했고, 몇 집을 더 돌아봐야겠노라 선언했다. 엄마가 자신도 모르는 새에 상점 주인에게 한국어로 물어보는 일을 신경 쓰던 오빠가 결국 화를 냈다. 오빠는 일본에 왔으면 일본어를 써줘야 한다는 입장이었고, 엄마는 한국말로 해도 통하는데 시간도 없는 마당에 한국어를 쓰면 좀 어떠냐는 입장이었다. 오빠는 화가 났고 엄마는 서운해했으며 중간에 선 나는 당황했다. 정확하게는 황당했다.

결국 우리는 아무것도 사지 못한 채 히타카츠항으로 돌아왔다. 오빠와 엄마는 아무 말도 하지 않았고, 엄마는 이내 눈물을 보였다. 나는 조용히 엄마 등을 쓸어내렸다. 뭐 때문인지 아직 화가 가시지 않은 오빠는 자리를 피해버렸다. 빡빡한 일정 때문에 서로 몸과 마음이 지쳐있는 탓이라, 엄마에겐 그렇게 설명했다. 엄마는 자신이 뭘 그렇게 잘못했느냐고 서운한 마음을 있는 그대로 드러냈다. 늙은 엄마를 여행 내내 고생시키더니 엄마가 그렇게 창피하냐고 악을 쓰며 울었다.

잘못된 휘게였다. 지친 몸과 마음으로 살아온 엄마에게 따듯하고 편안한 여행을 선물하고 싶어 시작한 일이 수포로 돌아간다 생각하니 나도 괜히 억울했다. 얼마 후 오빠는 커피 세 잔을 사서 돌아왔다. 미안하다는 말 대신 엄마에게 커피를 내미는 일로 사과를 대신했다. 엄마는 그제야 웃어 보이며 이젠 같이 해외에 나오지 말자, 농담을 건넸다. 장난하냐고, 나 혼자 열을 내며 엄마를 몰아세웠고 우리 셋은 거의 동시에 웃음이 터졌다. 가족이 사소한 일에 감정이 상하고 소박한 사과에 마음이 풀리는 사이라는 사실을 잊고 있었다. 엄마가 우리와 함께하는 자체가 휘게라 생각하기로 했다. 그와 동시에 우리는 언제쯤 온전한 휘게를 함께 할 수 있을까, 다음을 기약하기도 했다.

—

어린 나를 안고 수없이 많은 언덕을 오르내렸던 엄마가
이제는 계단을 오르내리고 비탈을 내려오는 일에도 쉽게 지쳐버렸다.

엄마도 여자라서

50대가 되면서 엄마는 부지런히 여행을 다녔다. 홀로 지내는 시간이 길어지면서 종종 가까운 곳으로 산책을 가는 일을 즐기던 엄마는 주말마다 바다로, 산으로 훌쩍 떠나버렸다. 젊어서 내내 일만 하느라 무릎이 좋지 않은 엄마는 대개 여행 밴드를 통해 처음 보는 사람들과 패키지여행을 떠났다. 사람들과 잘 어울릴 수 있을까, 하는 우려와 달리 엄마는 새로운 친구를 곧잘 사귀었고 여행 날 아침이면 그들을 위해 과일 도시락을 싸기도 했다.

간혹 산행이 있는 여행이나 장시간 걸어야 하는 여행을 다녀온 뒤에는 힘들었다며 투정을 부렸지만, 여행 이야기를 하는 엄마의 목소리는 전혀 힘들어 보이지 않았다. 여행에 다녀온 날에는 나를 앞에 앉혀 놓고 여행 이야기를 늘어놓았으며, 그날 바로 다음 주 여행을 예약하기도 했다. 여독이

쌓일 틈이 없는 삶을 즐기고 있었다.

새로운 사람들과의 만남, 어떤 이는 시끄럽지만 리더십이 있고 어떤 사람은 조용하면서 센스가 있다며 칭찬을 이어갔다. 마치 어린 내가 유치원에서 사귄 친구를 자랑하듯 엄마는 내게 자신의 새로운 친구를 소개했다. 엄마가 우리가 아닌 다른 사람들과 있어도 행복하다는 사실에 조금 질투가 났으며, 어떤 대목에서는 엄마가 낯설게 느껴지기도 했다. 그러면서도 오히려 다행이라 생각할 때가 많았다.

"딸, 엄마랑 옷 사러 갈까?"

"나 옷 안 사도 돼."

"아니. 엄마 옷 말이야."

어느 날 엄마가 옷을 사러 가자고 했다. 며칠 전에 친구들과 잔뜩 쇼핑을 한 나는 한동안 옷을 살 필요가 없다, 그렇게 말했다. 엄마는 조심스레 자신의 옷을 사러 가자고 말했다. 처음 있는 일이었다. 집에서는 늘 편안한 옷만 고수하고 직장에서는 검은 정장만 입어왔던 터라 엄마의 제안이 적잖이 당황스러웠다. 매번 편한 인터넷 쇼핑만 하던 엄마가 옷을 직접 사러 가자고 하다니 뭔가 대단한 변화의 바람이 불고 있음을 짐작했다.

"엄마한테 어울리는 옷이 뭔지 모르겠어서. 요즘 유행하는 옷도 모르겠고."

어렸을 때 엄마는 줄곧 남자 같은 스포츠머리를 고수했다. 가장이 되어 하루에도 수많은 일을 해내야 했던 엄마에게 긴 머리는 거추장스러운 요소였다. 옷도 펑퍼짐하면서 활동성이 좋은 스타일만 찾아 입었다. 당연히 치마 대신 바지를 선호했다. 뒤에서 얼핏 보면 남자 같기도 했다. 그런 엄마가 학교에 오는 날이면 친구들은 나를 놀리지 못해 안달이 났다. 친구들은 엄마가 오는 날인데 왜 아빠가 왔냐, 엄마가 왜 남자 머리를 하고 있냐고 시비를 걸어왔다. 그러면 나는 여자도 짧은 머리를 할 수 있고 바지가 편하면 바지를 입을 자유가 있다고 성을 냈다. 같은 학년이면서도 나는 너희가 뭘 알겠냐며 한층 위에 서서 친구들을 내려다보는 말투로 나를 위로했다.

엄마가 사람과 자주 만나는 영업 일을 시작하고부터는 스포츠머리보다 조금 긴 단발머리가 됐다. 옷도 편안한 차림에서 검은색 정장으로 바뀌었다. 비록 정장 밑단은 너덜너덜하게 해진 때가 많았고, 아침에 둥글게 드라이를 한 머리는 저녁이 되면 풀이 죽어 있었지만 나는 제법 여성스러워진 엄마의 모습이 마음에 들었다. 화장을 하지 않는 엄마의 아침 준비 시간은 그리 바쁘지 않았다. 스킨과 로션을 바르고 머리를 드라이하는 일이 전부였다. 하루는 친구 집에서 예쁜 드레스를 입고 화장을 곱게 한 친구 엄마를 보고 온 내가 물었다.

"엄마는 왜 화장을 안 해?"

엄마는 당황한 표정을 짓더니 "엄마가 화장할 시간이 어디 있어."라며 말을 얼버무렸다. 어린 나는 그런 줄만 알고 살았다. 친구 엄마는 시간이 많아서 예쁜 옷도 입고 화장도 정성 들여 하지만 우리 엄마는 아빠를 대신 하느라 화장할 시간이 없다고 믿었다. 나중에 내가 조금 더 자랐을 때 엄마가 화장을 하지 않는 진짜 이유를 말해줬다. 결혼을 하고 줄곧 땀을 흘리는 직업으로 살았던 엄마는 어느 순간부터 화장이 사치라고 느껴졌다. 새벽 일을 할 때만 안 해야지, 했던 일이 종일 화장을 하지 않는 편안함을 알게 했다고 말했다. 그렇게 십 년을 넘게 살다 보니 이제는 화장을 하고 싶어도 어떻게 하는지 기억이 나지 않는다고 덧붙였다.

오래전 할아버지 집에서 본 앨범 속 엄마가 생각났다. 20대 초반의 엄마는 예쁜 옷을 입고 예쁘게 화장을 한 채로 카메라를 향해 웃어 보였다. 엄마에게도 그런 날들이 있었는데, 하고 생각하니 마음이 쓰였다. 어린 내가 해줄 수 있는 일은 아무것도 없었다. 가족 행사가 있는 날이면 엄마는 자신의 모습을 낯설어했다. 가족들 성화에 못 이겨 샵에서 화장을 받고 한복을 입고 나면 엄마는 거울을 보지 않았다. 자신이 다른 사람 같이 느껴진다고 했다. 그랬던 엄마가 어느 날부터 예쁜 옷을 보러 다니고, 머리 스타일을 신경 쓰고, 어떤 가방을 들고 어떤 신발을 신을지 한참 고민했다.

＊

"왜 갑자기 옷을 사려고 해?"

집에서 삼십 분 정도 걸리는 백화점에 가는 길에 엄마에게 물었다. 엄마는 여행 밴드 사람들 이야기를 하며 자신이 초라해 보였다고 말했다. 여행 밴드에 나오는 사람들은 매번 화려한 옷차림에 모자며 액세서리까지 완벽한 모습을 하고 나오는데 엄마는 겨우 몇 벌 가지고 매번 돌려 입다 보니 어느 순간부터 창피해졌다고 했다. 엄마의 어린애 같은 푸념에 나는 미처 그런 부분까지 챙기지 못했다는 죄책감을 얻었다.

엄마는 화려한 옷차림이 부러웠다고 했으면서 막상 백화점에 도착해서는 너무 화려하다며 구매를 망설였다. 나는 이왕이면 예쁜 옷을 샀으면 하는 마음에 화를 내고 말았다. 엄마는 민망한 표정을 짓더니 결국 화려한 옷을 사지 않고 엄마가 평소 입던 옷과 비슷한 스타일의 옷을 몇 벌 사 발길을 돌렸다.

"정말 이대로 집에 가? 안 사면 계속 생각날 거야."

나는 엄마가 새로운 일을 두려워하지 않으면 했다. 매일 같은 옷을 입고 매일 같은 얼굴로 같은 일을 해온 엄마가 이제는 새로운 옷을 입고 새로운 얼굴로 새로운 세상을 만났으면 좋겠다 생각했다. 내 말을 들은 엄마는 그 자리에서 걸음을 멈춰 한참을 고민했다. 아무래도 이대로 돌아서면 그 옷이 계속 생각이 날 것 같은 눈치였다. 나는 엄마 손을 붙들고 다시 백화점으로 들어가 점원에게 이 옷을 입어볼 수 있냐고 물었다.

제법 잘 어울렸다. 엄마는 남의 옷을 빌려 입은 사람처럼 불편하다고 말했지만 입가에는 미소가 번졌다. 거울에 비친 자신의 모습을 요리조리 보는 표정이 마치 어린아이 같았다. 엄마가 거울을 보는 사이 점원이 택을 끊자 당황한 엄마는 아직 살지 결정하지 않았다고 말했다. 엄마가 옷을 입

208

어보러 들어간 사이 결제를 마친 나는 엄마가 벗어놓은 옷가지를 챙겨 매장을 나왔다. 엄마는 불편한 걸음으로 걸었지만 뿌듯한 표정을 지었다.

백화점에서 나오는 길에 화장품 가게에 들렀다. 집을 나선 순간부터 엄마에게 예쁜 립스틱을 선물해야겠다고 생각하고 있었다. 화장하는 방법을 잊은 엄마에게 작은 변화라도 줄 수 있는 선물을 하고 싶었다. 장난스러운 표정으로 새빨간 립스틱을 집어 든 내게 엄마는 웃으며 손사래를 쳤다. 결국 원래 입술 색과 크게 다르지 않은 핑크빛 립스틱을 골라 화장품 가게를 나섰다. 그 정도 변화만으로도 충분하다 생각했다.

집으로 돌아오는 버스에서 엄마는 내 어깨에 기대 잠이 들었다. 엄마 손에 새겨진 잔주름이 엄마의 지나온 삶을 말해주고, 엄마 얼굴에는 마음을 아프게 하는 세월의 흔적이 가득했다. 나는 점점 어른이 되고, 엄마는 점점 아이가 되어간다. 조금 더 정확하게는 엄마가 다시 여자로 돌아간다고 생각했다. 그런 생각을 하고 있자니 처음 느껴보는 오묘한 감정에 휩싸였다. 엄마가 안쓰러워서 드는 마음이라기보다 엄마가 여자라는 사실을 잊고 지낸 일에 대한 죄책감과 반성이었다. 그러면서 나는 엄마라는 이유로 여자로 살 자유를 잃었던 엄마에게 이제라도 다시 여자로 살 수 있는 삶이 주어졌다, 안도했다.

나는 점점 어른이 되고, 엄마는 점점 아이가 되어간다.
조금 더 정확하게는 엄마가 다시 여자로 돌아간다고 생각했다.

자정열차

2016년이 2017년으로 이어지던 밤, 엄마와 나는 서울역사 안에 놓인 작은 TV 앞에 서서 수많은 사람과 함께 새해를 맞았다. 카운트다운이 끝나자마자 정동진행 열차에 몸을 싣고 2017년의 첫 아침을 향해 달렸다. 다시 2017년이 2018년으로 이어지던 밤, 우리는 여수엑스포행 기차에서 새해를 맞았다. 엄마는 11시 59분이 되자 잠든 누군가가 깰세라 나지막이 카운트다운을 시작했다. 낮은 목소리와 다르게 아이처럼 신이 난 엄마는 12시 정각이 되고 몇 초가 지난 후에야 겨우 해피 뉴 이어를 외쳤다. 엄마는 의자 등받이에, 나는 낮아진 엄마 어깨를 베고 누워 함께 2018년을 향해 달렸다. 오랜만에 한 방향을 향해 나란히 앉은 엄마와 나는 우리만 알아들을 만한 작은 목소리로 대화를 나눴다. 우리는 삼십 년 가까이 그래왔던 것처럼 여전히, 그리고 변함없이 새로운 아침을 기다렸다.

　변한 건 엄마의 마음이다. 언제부터인가 엄마의 늘거나 줄어든 무언가를 발견하는 일이 어렵지 않았다. 시작은 엄마의 많아진 눈물 정도였으나 몸으로 체감하는 변화는 시간이 갈수록 커져갔다. 외삼촌이 연락이 끊긴 이후 엄마는 줄곧 가장처럼 지냈다. 할아버지가 교통사고로 쓰러지셨을 때는 집을 돌보기 위해 대학을 포기하고 일을 시작해야 했다. 결혼을 했다고 상황이 달라지지 않았다. 두 아이의 엄마가 되면서 더 치열하게 살아남아야 하는 상황이 그녀를 기다렸다. 내가 기억하는 바로 엄마는 사내대장부 같다는 말을 자랑처럼 여겼다. 어딘가 단단하고 강단 있는 사람을 부르는 말 같다고 했다. 그런 엄마가 최근 들어 드라마를 보며 눈물을 흘리는 일이 잦아졌다. 엄마의 오열 전화를 세 번째 받아 들었을 때 뭔가 대단한 변화가 시작되었음을 감지했다.

　어쩌면 변한 건 엄마의 마음이 아니라 몸이다. 주체할 길 없는 호르몬의 변화를 두 팔 벌려 환영하는 나약해진 몸. 삶으로부터 조금씩 밀려나는 것 같아 마음이 편하지 않다는 그녀는 자신의 존재를 찾기 위해 부지런히 몸을 움직이고 마음을 살폈다. 하루에도 서너 번 전화를 걸어 창문을 꽉 닫았는지, 피죤에 담가둔 빨래가 이틀이 넘지 않았는지와 같은 사소한 질문들을 쏟아냈다. 어느 날부터인가는 정년에 대비해야 한다며 온갖 자격증을 따기 시작했다. 요양보호사 자격증으로 시작한 엄마의 공부는 삼 년이 넘도록 지속되었다. 늘어난 자격증 개수만큼 엄마는 예전의 자신을 되찾았을까. 아니면 미래의 자신을 바꿔 놓은 걸까.

2018년의 첫 아침을 향해 달리는 기차 안에서 이런저런 생각이 꼬리를 물고 이어졌다. 무심코 기댄 엄마의 어깨가 한없이 낮아졌음을 깨달은 시점부터였다. 나는 우리 모녀가 결코 예전과 다르지 않음을 증명하려는 듯 거의 눕다시피 한 자세로 고쳐 앉아 엄마의 어깨에 기댔다. 엄마는 조용히 내 손을 잡고 등받이에 기대 누웠다. 엄마의 손은 여전히 따뜻했고 엄마의 어깨는 살면서 변함없이 느껴왔던 그녀의 자정, 그 안락함이 그대로 배어 있었다.

엄마는 내내 잠이 들었다 깨길 반복했다. 기차가 출발하고 두 시간 정도 지났을 때는 아예 스마트폰을 꺼내 친구들에게 새해 안부 메시지를 보내기 시작했다. 나도 자세를 고쳐 앉아 친구들에게 메시지를 보냈다. 내가 연락처 목록 한 바퀴를 돌고 모든 답장에 다시 답장을 보내는 동안 엄마는 아직도 메시지를 고민하고 있었다. 이모티콘 하나면 해결되는 나와 달리 그녀는 인터넷을 뒤져 움직이는 새해 인사말 이미지를 찾고 정성 들여 메시지를 작성했다. 메시지를 받을 사람들의 기쁜 마음까지 상상해서일까 엄마는 인사말을 적는 중간중간 계속 미소를 지었다. 피곤이 몰려오는 내가 잠을 자지 않느냐고 물으니 엄마는 늙으면 다 그래, 라고 대답했다. 뭐 그런 말이 다 있어, 하고 따져 물으려다 그만두었다. 두 눈을 감고 늙음이라는 단어에 대해 생각했다. 나이가 드는 일은 어떤 의미일까. 눈물이 많아지고 잠이 없어지며 키가 작아지기도 한다. 무엇보다 마음이 쉽게 다치고 사소한 일에도 예민하게 변하며 혼자 침묵하는 시간이 길어진다. 몇 해 전만 해도 여행길에 올라 시시콜콜 사는 이야기를 떠들던 엄마는 이제 그 시간에 경치를 둘러보고 생각 속에 깊이 잠긴다.

곧 여수엑스포역에 도착한다는 방송이 울렸다. 이제 막 잠에서 깬 나와 달리 엄마는 한잠도 자지 못한 눈치였다. 급히 일어나 내 짐을 먼저 꾸렸다. 그다음 엄마의 옷매무새를 챙기고 장갑과 목도리를 체크했다. 엄마 손에 들려있던 짐도 받아들었다. 어렸을 때는 아침저녁으로, 커서는 하루에 서너 번 전화로 듣곤 했던 엄마의 걱정 섞인 잔소리가 고스란히 내 몫이 되어버렸다.

긴 여수엑스포역을 빠져나와 드디어 여수를 만났다. 엄마는 계단 없이 이렇게 플랫폼이 긴 역이 있다는 사실에 놀라워했고 처음 본 풍경에 주위를 두리번거렸지만 여전히 별다른 말을 하지 않았다. 아예 입을 다물기로 작정한 사람처럼 눈에 띄게 말이 줄었다. 엄마와 나란히 올빼미 투어 버스에 앉아 여수의 밤을 한 바퀴 돌고 난 뒤 유람선을 타기 위해 오동도로 향했다. 엄마는 기사 아저씨에게 왼쪽에 앉아 야경이 잘 보이지 않았다고 핀잔을 줬다. 알았으니까 그만 좀 해. 여수에 와서 처음으로 한 말이 고작 투정이라니. 엄마가 아이같이 느껴져 괜스레 짜증이 났다.

예전 같으면 같이 언성을 높이고 서로의 마음에 생채기를 내기 바빴을 엄마가 이제는 말 못 하는 갓난아기처럼 조용했다. 더는 생채기를 만들 힘이 없어진 걸까. 별별 상상이 침묵을 메웠다. 나도 갱년기를 맞아 감정의 변화가 심해진 사람처럼 걱정과 애잔함이 공존했다가 짜증이 일기를 반복했다. 사회에서는 좀처럼 드러내지 않는 가면 뒤에 숨어든 감정들이 엄마와 있으면 아무렇지 않게 불쑥불쑥 모습을 드러내곤 했다. 애교 없는 내가 사과 대신 아무렇지 않은 척 팔짱을 끼면 엄마는 또 손을 꽉 잡고 배시시 웃어 보였다.

남들이 잠시 눈을 붙이는 시간에도 엄마는 배 앞머리에 올라 칼바람을 맞았다. 들어와서 몸을 좀 녹이다가 해가 뜨기 십 분 전에 나가자는 말에도 엄마는 아랑곳하지 않았다. 왼쪽에 앉아 야경을 못 본 탓에 자리를 선점하려는 거겠지. 괜히 마음이 또 심술을 부리고 짜증을 냈다.

"아직 해가 뜨려면 아직 한참 남았습니다. 일출 직전에 방송을 할 테니 배 안에 들어와 계세요."

선장도 엄마가 걱정되었는지 온 배가 울리도록 방송을 했다. 엄마는 선장과 나를 향해 찡긋 웃어 보이고는 옷을 단단히 여미고 모자를 더 푹 눌러썼다. 하릴없이 나는 엄마 곁으로 갔다.

"무슨 생각을 그렇게 해?"

"세상에는 참 예쁘고 좋은 것들이 많구나, 하는 생각."

엄마는 오래도록 참아온 독백 같은 말들을 바다로 쏟아냈다.

"근래 혼자 여행해보니까 그렇더라고. 아주 작은 것도 나를 위해 깊게 생각하고 오래 고민해 본 적이 없는 거야. 어느 날은 같이 여행길에 오른 사람들을 먼저 보내 놓고 바다에 앉아서 생각만 하다가 돌아온 적도 있어. 젊었을 때 가장 좋아하던 노래를 틀어 놓고 말이야. 무슨 생각을 했는지 하나하나 다 기억나지는 않는데, 그 시간이 감사하고 또 감사했어."

나를 대신해 엄마 말에 동의를 표하듯 새해를 기념하는 불꽃이 하늘에 올라 제 몸을 밝혔다. 불꽃은 제 몸을 희생해 누군가의 하루에 기쁨을 선물하고 바다 아래로 사라졌다. 엄마도 그랬다. 우리를 키우기 위해 자신을 저 밑바닥 어딘가에 숨겨 놓고 살았다. 그렇게 한 달을, 일 년을, 몇십 년을 살다 보니 스스로를 다시 꺼내는 방법이 무엇인지 기억나지 않는 듯했다. 이제 어딘가에 숨어있는 진짜 엄마의 모습을 꺼내주는 일은 오롯이 내 몫이라는 생각이 들었다.

불꽃놀이와 함께 연신 감탄사를 쏘아 올리던 엄마는 동그랗게 떠오른 해 앞에선 아무런 말도 하지 않았다. 어떤 것도 따져 묻지 않기로 했다. 엄마는 이제야 자신을 돌아보는 시간을 갖게 됐다. 그리고 그 시간 끝에 분명 자신의 진짜 삶을 살아갈 것이다. 삶으로부터 조금씩 밀려나고 있다는 엄마의 말은 틀렸다. 오히려 삶에 조금씩 더 가까워지고 있는 듯했다. 우리 때문에 자신의 삶을 밀어내고 살았던 엄마는 이제 자신의 삶을 찾아가는 중이다. 엄마가 조금씩이나마 자신의 삶을 찾는 방법을 알아가기 시작해서 다행이라는 생각이 들었다.

엄마는 이제 자신의 삶을 찾아가는 중이다.
엄마가 조금씩이나마 자신의 삶을 찾는 방법을
알아가기 시작해서 다행이라는 생각이 들었다.

맑을 담,
아름다울 미

둥근 테이블을 사이에 두고 마주 앉은 남녀가 서로를 지긋이 바라본다. 여자가 떨리는 목소리로 질문을 건네면 남자가 나지막이 답을 이어나가는 식의 대화가 몇 번이나 계속된다. 말수가 없는 남자와 달리 아주 잠깐의 정적도 참지 못하는 여자의 성격 탓이다. 여자는 말끝마다 꼬박꼬박 주임님이라는 호칭을 붙인다. 주임님이라는 호칭 외에 어떤 말로 남자를 불러야 하는지 아직 감이 오지 않는다. 여자의 물음에 대답만 하던 남자는 여자가 다음 물음을 고민하는 시간마다 이따금 찾아오는 대화의 공백이 어색했는지 떨리는 목소리로 여자에게 되묻는다.

"담미 씨는요?"

남자의 목소리에서 전해진 미세한 떨림이 공기를 타고 흘러 여자의 귓가에 닿는다. 허공에서 마주친 네 개의 눈이 놀라 다시 두 방향으로 흩어진다. 먼 산을 바라보는 남자의 표정은 설렘을 말하고 순백의 커피잔을 감싸 쥔 여자의 손이 수줍음을 그린다. 어떤 말을 하지 않아도, 어떤 그럴싸한 호칭으로 서로를 규정짓지 않아도 다정한 부름 한 번에 상대의 감정이 고스란히 전해진다.

그 후로도 아빠는 엄마와 연애를 하는 7년 동안 김담미라는 이름을 다정히 불렀다. 엄마는 단순히 자신의 이름을 부르는 목소리에서도 사랑을 느낄 수 있구나, 깨달았다. 처음으로 자신의 이름이 예쁜 소리를 가졌다고 생각했다.

결혼 후 얼마 지나지 않아 오빠와 내가 태어났고 아빠는 김담미라는 이름을 잊었다. 아빠에게는 어느 순간 여보 혹은 진빈 엄마, 라는 호칭이 더 익숙해졌다. 그마저도 아예 생략하는 날이 많았다. 오빠와 내가 걸음마를 떼기 전까지도 엄마는 종종 자신의 이름을 다정히 부르던 아빠의 목소리를 그리워했다. 맑을 담에 아름다울 미. 그럴 때마다 엄마는 그리움이 만든 공허를 자신의 음성으로 채우는 일을 반복했다.

*

이 책을 쓰면서 엄마의 과거, 현재, 미래와 함께 세 번의 계절을 지냈다. 저녁마다 엄마를 만나 인터뷰를 하면서 태어나 처음으로 엄마와 수많은 대화를 나눴다. 덕분에 우리가 함께 보낸 30년 남짓한 시간보다 2018년의 겨울, 봄 그리고 여름이 훨씬 더 깊었다.

인터뷰의 시작은 엄마와 내가 만난 30여 년 전이었다. 대화는 종종 타임머신을 타고 엄마가 엄마라는 이름표를 달기 전으로 훌쩍 떠났다가 현재로 돌아오는 여정을 반복했다. 때로는 그 여정이 우리가 함께할, 혹은 엄마가 다시 김담미로 살아갈 미래로 이어지기도 했다. 엄마는 한참 우리가 함께 살아왔던 삶에 관해 이야기하다가도 어느 대목에서는 자신의 생각이나 마음을 정확하게 떠올리지 못했으며, 전혀 기억하지 못하는 부분도 있었다. 그럴 때면 엄마를 재촉하기보다 화제를 돌려 다른 시기에 관해 물어보곤 했다. 그러면 엄마는 다시 조잘조잘 자신의 삶에 대해 고백했다.

"엄마가 아닌 김담미는 어떤 사람이었어?"

김담미의 삶에 대해 고백하던 엄마는 자신의 20대에 멈추어 서서, 이름이 주는 설렘에 대해 말했다. 아빠가 커피숍에 마주 앉아 담미 씨, 하고 불렀을 때 엄마는 평생 들어온 이름에서 처음으로 특별함을 느꼈다. 회사에서 매일 듣던 음성이었지만 사랑이 담겨 있는 호칭에서는 노랫말이라고 착각할 정도로 아름다운 멜로디가 그려졌다. 20대인 엄마는 자신의 이름만큼 맑고 아름다운 마음과 생각을 가진 여자였다.

엄마는 30대의 길목에서 이름을 잃고 또 얻었다. 맑고 아름다운 이름을 잃은 대신 무겁지만 가슴 벅찬 이름을 얻었다. 남편이 처음으로 김담미라는 이름 대신 여보, 하고 불렀을 때도 엄마는 그의 사랑을 온몸으로 느꼈다. 그가 여전히 따뜻하고 부드러운 음성으로 자신을 부른다고 믿었기 때문이다. 아이가 생기고 자신을 부르는 호칭이 진빈 엄마로 변했을 때는 마음 한구석에 자신의 이름을, 김담미로서 살아온 삶을 되찾을 수 없을지도 모른다는 공포심이 싹텄다. 엄마는 자신을 부르는 아빠의 호칭에서 더는 멜로디를 들을 수 없었고 공포심은 이내 공허감과 우울감을 낳았다. 그러한 감정은 아이가 자신의 새로운 이름을 처음으로 불러줬던, 가슴 벅찼던 순간을 기점으로 서서히 자취를 감췄다.

40대에 접어든 엄마는 살아간다는 것이 벅찰 때마다 김담미도 엄마도 아닌 삶을 살고 싶다고 생각할 때가 많았다. 당시에는 그러한 생각에 대해 어떤 결론도 내리지 못했다고 고백했다. 40대의 중심에 서서 김담미와 엄마라는 이름에 대해 헤아려보느라 한참 말이 없던 엄마는 어릴 적부터 내가 엄마 앞으로 보내온 수많은 편지를 꺼내 들었다. 편지 서두에는 내용의 곱절이나 되는 큰 글씨로 'To. 나의 엄마'라는 일괄적인 문구가 적혀 있었다.

"꼭 엄마를 네 것인 양……"

지나가듯 읊조린 엄마의 말에 잠시 깊은 생각에 잠겼다. 글에 관심을 두기 시작하면서부터 '의'라는 조사가 참 오묘하다 여겨왔다. 두 단어 사이에 의를 붙이는 순간, 순식간에 누군가를 내 소유로 만들 수 있다. 어렸을 때 나는 엄마에게 편지를 쓸 때마다 첫머리에 '나의 엄마'라고 적는 일에 큰 의미를 두었다. 그리고 그 편지를 꼭 눈에 보이는 어딘가에 걸어두라고 신신당부했다. 단순히 다른 엄마들과 구분하여 엄마를 특별하게 부르려는 의도도 있었지만, 그보다도 엄마가 나만을 위한 사람이라는 사실을 널리 알리고 싶었던 마음이 컸다.

엄마는 '나의 엄마'라는 말이 종종 족쇄처럼 느껴질 때가 있었다고 했다. 내가 '엄마는 이제 김담미로 살 수 없어요.'라고 말하는 것처럼 읽혀 편지를 채 읽지도 못하고 닫아버린 날도 있었다. 나의 결핍이 엄마에게 닿아 족쇄가 되었다. 돌이켜보면 엄마는 나를 늘 '우리 딸'이라고 불렀다. '내 딸'이라고 불러 나를 엄마 소유로 만드는 대신 엄마와 나를, 그리고 우리 가족을 '우리'라는 커다란 범주 안에 두고 너와 나 모두를 존중해줬다. 덕분에 나는 족쇄와 같은 어떠한 강요나 압박을 느끼지 않고 살아왔다.

나는 여전히 엄마를 엄마라고 부르며, 간혹 특별하게 엄마를 부르고 싶을 때 담미 씨, 하고 다정하게 부른다. 다만 엄마와 세 번의 계절을 보낸 이후 편지 서두 문구가 'To. 우리 담미 씨'로 바뀌었다. 이제는 나도 '우리'라고 칭할 만큼 김담미로서 사는 엄마의 삶을 존중할 준비가 되었으며, 엄마 역시 새로운 사람을 만나 새로운 일을 하며 김담미라는 이름을 서서히 되찾아가고 있기 때문이다.

<blockquote>
" 우리 엄마의 이름은
김담미입니다. "
</blockquote>

맑을 담, 아름다울 미

당신의 엄마에 대해서
얼마나 알고 있나요?

- 나이 :
- 생일 :
- 키 :
- 몸무게 :
- 혈액형 :
- 신발 사이즈 :
- 고향 :
- 애창곡 :
- 어릴 적 꿈 :
- 취미 :
- 좋아하는 색 :
- 좋아하는 연예인 :
- 좋아하는 음식 :
- 인생 영화 :
- 감명 깊게 읽은 책 :
- 자신 있는 요리 :
- 나와 가장 닮은 곳 :
- 제일 예쁜 곳 :
- 가보고 싶은 여행지 :
- 딸에게 받고 싶은 선물 :